どうしようもなく辛かったよ

朝霧咲

KODANSHA

目次

カバー写真　小野 啓
ブックデザイン　鈴木成一デザイン室

どうしようもなく辛かったよ

序章

学校指定の白い靴に、学校指定の通学鞄《かばん》。ネットオークションでも大して価値の付かないような地味なセーラー服と、膝が隠れる長さのスカート。没個性なそれらを自分だけのオプションにカスタマイズして、花でもちりばめるかのように自分の色を漂わせた友人たちの横で、くるみは拍手の位置に構えていた両手をそっと下した。校長式辞に始まる長い卒業式を耐え忍び、ようやく終わったかと思えば、三年生が学級解散式を終えるのをまた待たされている。校門前の花道はさっそく乱れ、怠惰な雰囲気を漂わせていた。濃紺のユニフォームを着たサッカー部が、「まだかよ、くそがアッ」と花壇を蹴る。裏門から続く道で簡易的なアーチを掲げていた生徒会役員が、一度、それを地面に置くのが遠目に見えた。

「学級解散式、長引くなら先に見送りからにしてくんないかな」

「そうしてほしい。通るだけ通ってもらえれば、私たち、お役御免だもんね。とっとと帰りたいよ」

溜息《ためいき》を吐《つ》く真希《まき》と桜《さくら》を柚稀《ゆずき》が宥《なだ》める。部活でお世話になった三年生には、引退直後こそ思い入れが強く、寂しがったりもしたが、今ではもう過去の人になり、わたしたちの日常の枠外に出てしまった。置き土産もなくわたしたちを取り残していき、もう先輩たちの痕跡はない。

真希と桜の横を抜けて、いつの間にか柚稀がわたしの隣に来ていた。胸ポケットからは便箋が数通覗《のぞ》いている。部活関係ではない、知り合いの先輩にでももらったのだろうか。

「卒業式って一個の区切りで、それを見てる私たちも、何か終わった感あるよね。でも実際は、私たちまだ全然三学期だから、明日からも普通に授業。やる気出ないな」

「非日常から日常はあっという間、だね」

長い時間、同じ体勢でいたため、肩が凝って首が固まり、表情筋は死んでいた。肩と首を回すようにして軽くほぐすと、「揉《も》んであげようか、下手だけど」と柚稀が言った。

「いや、大丈夫」

首回しのついでに空を見上げた。呆《あき》れるくらいの晴天だ。逆光で真っ黒に塗りつぶされた鳥が、視界の端から端へと飛んでいく。

右手でわっと歓声が起こった。三年生が昇降口に現れたらしい。人の流れは瞬く間に列になって、拍手の海を泳いでいく。胸元に華々しくリボンを飾った三年生に懸命に拍手をしながら、自分は一年後、どうなっているのだろうと考えた。三学期があと半月で終わる。三年生になれば、あと一年で自分の中学校生活は終わる。時の流れは濁流に等しい。今この自分と一年後の自分では、何がどう変わっているだろう。どう変わることができているだろう。ちゃんと思うように、変われているのだろうか。一年後の自分が、まるで想像つかなかった。

解散の号令が掛かり、教室に戻る途中、若菜《わかな》が飛び切りの笑顔を見せる。

「私、まだ二年生でよかった」

「なんで？」

「だって、三年生になると卒業だし。私たち、まだあともう一年、ＪＣ生活満喫できるじゃん」

自分の言ったことのポジティブさに煽《あお》られて、自分で陽気になっているらしかった。夕日に向かって駆けだそうと今にも言い出しそうなくらい、いつも若菜は青春に燃えている。こんな風に直向《ひたむ》きに人生を楽しめたら、いったいどんなにか毎日が充実するだろう。

「明日、部活あるっけ」

「あるよー」

「体育館どっち？」

「明日は第二じゃなかったかな。荷物もう移しとく？」

「そーしよっか」

「あ、茉梨《まり》、シューズ洗っちゃったんだった。ちゃんと乾くかなー？」

「急ご。早く帰りたいし」

皆が小走りになった。解放感からだろうか、体が軽そうだ。ふと何かに引かれた気がして、わたしは立ち止まって後ろを振り返った。
風が吹く。喧噪《けんそう》の裏で、早咲きの桜が散っていく。

一章 若菜

私たちは私たちに夢中

ドラマ、漫画、映画。どんな物語の主人公にも、特別な部分がある。反則的な能力、特徴的なキャラクター、複雑な生い立ち、辛《つら》い過去。なんだっていい。

私はいつからかずっと、特別になりたかった。

1

「集合！」

真希が太い声を張り上げると、壁にバコバコと打ちつけられていたボールの音がピタリと止《や》んだ。顧問の藤吉《ふじよし》先生が、体育館に挨拶をしながら入ってくる。大急ぎで駆けてくる七人分の足音が、シューズの裏がキュッと擦《こす》れる音が、今日も軽やかで心地いい。柚稀の隣に並んで、脇に抱えていたボールを一先《ひとま》ず床に置く。上手《うま》く静止せず、ころころと転がっていってしまったボールを柚稀が止めてくれた。わざとらしくない程度にカールした柚稀の芸術的な前髪は、猛ダッシュした後でも下を向いた後でも、乱れることを知らない。

柚稀のブラウンがかったボブヘアのアレンジをこっそり確認するのは、私の密《ひそ》かな日課だ。編み込みのハーフアップ。今日が初めての気がする。やや手の込んだ髪型を毎日楽しめるのは、柚稀の手先が器用だからだろう。朝、出ていく一時間前はまだ寝ていると聞いたことがあるから、時間の使い方も上手いに違いない。

そのうちに、数人分の足音が近付いてきた。扉から一番遠い角を定位置とするくるみと百合《ゆり》は、挨拶の度、一番長い距離を猛ダッシュで移動しなければならない。くるみの低い位置で結ばれた後ろ髪が揺れるのを見る度、場所が空いているのだからもっと近くでやればいいのにと思う。実際にそう言ったこともあるが、「奥がいいの」と頑《かたく》なに拒まれてしまった。出入り口付近は、人の行き交いが激しい。私は誰に見られても構わないが、怖い先生が横を通る時は神経質になり、練習どころではなくなるという。体育の強面《こわもて》の先生が通る時、百合は本当に真っ青になるし、くるみは壊れて半年経《た》ったロボットのように動きがぎこちなくなる。私にはあまり理解できないが、気の毒だなとは思う。突いたら倒れてしまいそうな直立不動体勢は、真面目が過ぎるくるみの専売特許だ。指先までぴんと伸びる。

真希は全員が揃《そろ》うのを待って、先生に向き直った。息を吸うため、その上体が少し反る。

「挨拶！　こんにちは！」「こんにちは！」「お願いします！」「お願いします！」

女子の部活の挨拶は不思議だ。普段の授業で発言する時より、よほど作り物めいた声が真希の後には続いている。丁寧にコーティングされた高い声だ。でもそれは、細くもか弱いわけでもなく、体育館を威圧するように響き渡る。

声出しの声の特徴は部ごとに異なる。それが分かったのは、入学してすぐのことだった。テニス部はバレー部の比にならないほど高く、よく教室内でネタにされている。部活動見学でテニス部を見た時、アニメ声優育成所か、と突っ込まずにはいられなかった。バスケ部はとにかく大きい。ただただ大きい。

先生が「はい、じゃあパスから」と手を叩《たた》いて、私たちは散り散りになっていく。練習前にいちいち長々と喋《しゃべ》らない藤吉先生が私たちは大好きだ。他にも好きなところを挙げ始めればキリがない。若い女の先生で、話もノリも通じるところ。私たちと視線を合わせようと努力してくれるところ。練習になると豹変《ひょうへん》し、途端に厳しくなるところも好きだ。檄《げき》を飛ばす口調は荒く、かなりのスパルタだが、理不尽に怒鳴ったりはしない。的確な言葉で私たちを鼓舞し、まとめ上げてくれる。中学入学前は、これほど部活が好きになるとは思いもよらなかった。湧き起こる充足感を日々貪りながら、そんな環境を作り、維持してくれている先生には感謝しかない。

入部時、真希以外は全員初心者だったが、私たちは藤吉先生のおかげでメキメキ力をつけた。三年生になるまであと一ヵ月。強豪がひしめくこのブロックで、地区大会への切符は、明《めい》徳中《とく》というその中でも頭一つ抜けた学校がいつも手にしてしまう。最後の大会で明徳中を下し、なんとかして地区予選を突破したい。その前には何校もの強敵に打ち勝たなくてはならない。大好きな先生を地区大会に連れていく。それは、何代もの先輩が掲げては破れていった目標だった。

「パス！」「はい！」

腹から声を出す。活気のある体育館に、私たちの精一杯がよく馴染《なじ》む。隣のコートでは、男バスが早速試合を始めていた。ピンクと黄色のカラフルなビブスが、視界の端でひらひらと躍る。

「テキパキ動くよ！」「はい！」

ここ数日の練習は、いつにも増して緊張感があった。一瞬たりとも弛緩《しかん》する暇はないと、皆が気を張っている。先週の練習試合が原因だ。

新チーム始動当初は負け続けだったが、練習を重ね、力は付いてきた。もう内容だけじゃなくて結果もついてきてほしいよね、という先生の叱咤《しった》激励のもと、私たちは少し上のレベルの相手と練習試合をした。十分戦う力はあるだろうと太鼓判を押されていたのに、入った気合に反比例するように、結果は惨敗。大好きな藤吉先生の期待を感じる度、反射的に背筋が伸び、体の芯から滾《たぎ》るような熱を感じる。今回もその追い風を受けていたのに、負けた。一セットも取れずに終わった。相手校が帰った後、先生は一旦、職員室に物を置きに行き、その間に私たちは堤防が決壊したかのように悔し涙を流した。これまでの過程に裏切られたように感じ、ひたすらに悲しく、苛立《いらだ》ってもいた。「どうして勝てない」「ちゃんと頑張ったのに」「何が足りない」と。

戻ってきた先生は私たちを見て、「その涙があなたたちを強くする」とありふれたことは言わなかった。どこかで私たちはそれを期待していたのかもしれない。泣くほど悔しいなんて、と褒められはしなくても、やる気や本気度はアピールできるだろう、と。しかし先生は、さも理解不能だという表情で、冷ややかに言った。

「泣いてどうにかなんの」

この台詞《せりふ》だけなら、他の指導者でも言いそうだ。私たちはできもしない反論を思い浮かべるだろう。泣いたら気が済むんですよ、と。実際私たちは、泣いてどうにかなるの、という台詞が嫌いだ。泣かなくてもどうにかなるわけじゃないから、好きに泣かせてくれればいいのに。

藤吉先生は呆れたと言わんばかりに続けた。

「泣くくらいだったら、今の時間、五分くらいあったけど、練習しとけばよかったのに。せっかく体育館開けたんだし、ボールあるんだし」

啜《すす》り泣きが止まった。言葉はおろか、音を発することも憚《はばか》られ、正論が私たちを頭頂部から凍らせたようだった。

「真希の今日の二段トスからのスパイクコース、最悪だったよね？　なんで今すぐ修正しようとしないの？　それでもエース？　あ、エースで思い出した、裏エースも頼りなさすぎ。存在感ゼロ。若菜なんとかして。あとくるみ、衝突するのが怖くて一歩目が遅れるとか、あり得ないから。なんのためのリベロ？　百合はスパイクしょぼすぎ。そろそろ筋肉つけて。柚稀は劣勢で一番落ち着いてられる。調子にも一番ムラがない。さすがはセッターだけどその冷静さを周りにも浸透させる声掛けの努力を。茉梨は——」

まだ甘い。まだ足りない。それが全力なの？　眼前に突き付けられたものの迫力に、私たちは追い込み切れていないのだと自覚せずにはいられなかった。そして奮い立ち、今に至る。

「三段レシーブ！」という指示が出た。アンダー、オーバーでトス、スパイク。それをレシーブして、トスにして、また打つ。何十回も繰り返す。

パスのペアと場所は一年の時からだいたい固定されていて、茉梨と桜、百合とくるみ、私、真希、柚稀の三人だ。茉梨が桜を引っ張り、桜が渋々といったように連れていかれる。毎日の光景で、二人は幼馴染《おさななじみ》の大親友だというから、実は桜もまんざらでもないのだろうというのが私たち第三者の見立てだ。極端なツンとデレのカップルを横目に、柚稀に向かってボールを投げる。ボールは柚稀の額の上に添えられた手に一瞬収まって、何事もなかったかのようにこちらに返ってくる。柚稀はオーバーが上手い。サーブカットもスパイクもそつなくこなすが、先生曰《いわ》く、部活体験の時から柚稀をセッターにすると決めていたらしい。青と黄色が交互に配置されたミカサ。回転がないせいで、メーカーのロゴまではっきり見える。

真希が綺麗《きれい》な回転を掛けてスパイクを打つ。鋭いボールは私の腕の外側に当たり、大きく弾《はじ》かれた。ボールの行方を目で追う。ミスをした後のボールはやけにゆっくり飛んでいくように見え、その間に悔しさがじんわりと広がる。遅れて気づく腕の痛みとともに。

休日練の練習メニューは、バリエーション豊かだ。でも最後は必ずコート練で結びになる。一年生の頃は、試合のようにコートに入ってプレーするのが楽しくて仕方なかった。もちろん今も好きだが、あの頃ほど純粋に楽しんでばかりはいられない。どっと襲ってくる緊張感と責任感に、どうしても体が硬くなってしまう。

スイッチが入った藤吉先生は怖い。いちいちプレーを止めてダラダラ説教する、という時間の無駄はないが、言葉は厳しくなり、痛いところを正確に突いてくる。おまけに先週の練習試合のこともある。普段は組んでいる腕が忙《せわ》しなく動く度、体育館の温度が、二、三度下がっているに違いない。眉間に皺《しわ》が寄ってしまうのは無意識らしいが、そうだと知っていても、怖いものは怖い。

チャンスボールからの攻撃で一セット。それを何度も繰り返す。部員数が少なくて相手ブロッカーはいないが、ブロックフォローまで怠らない。相手コートにボールが渡ると、すぐさま次が飛んでくる。目が回りそうになりながら、ボールを取るべき人の名前を叫んだ。茉梨がしっかり腰を落としてセッターの柚稀に返す。柚稀から真希にトスが上がる。美しい弧が描かれる。

「くるみ、言われたことを正確にできるのはもう分かった。ちゃんと自分で考えて動いて。でなきゃ機械だよ！」

「桜、ブロック雑！　見てないと思ってるかもしれないけどバレてるよ」

あ、今、光ったな、と思う。筋トレやハードな練習中、少しでも手を抜いた人を見つけた時の先生の目は光る。代々受け継がれている迷信だ。嘘《うそ》か誠か、先生にいつか聞いてみたいが、練習後のフランクな時でも「何言ってんの」と一蹴されそうな気がしないでもない。

私は後衛スタートのレフトだ。早くスパイクを打ちたい。しなやかに反らされる真希の背中を見ていると、余計そう思う。その衝動を抑えつけて、またブロックフォローに入る。

エースの真希はカッコいい。綺麗なフォームからダイナミックなジャンプ。気持ちのいいミートの音。スパッ、と風を切るように、一直線にボールが落ちていく。着地は軽やかで、すぐにレシーブの位置へ戻る。そしてまたトスを呼ぶ。短い髪を風が割《さ》く。背中は堂々としている。

バレーの中だったら、私は断然スパイクが好きだ。自分の手で点をもぎ取る快感。体が軽く浮き上がる感覚に、思い切り腕を振った時の重いボールの感触。苦し紛れに繋《つな》いだラリーで、最後を託される責任感と誇らしさ。注目と期待を一身に集めて、気迫を込めて打つ。柚稀とくるみには悪いが、セッターとリベロは絶対にやりたくない。地味だし、つまらなそうだから。

百合がセンターから打ったスパイクがネットに掛かる。「次一本！」「ドンマイ！」「切り替え！」みんな息が上がって、フォローも絶え絶えになってくる。すかさず真希が、「声掛けてくよ！」と活を入れる。

自コートに転がっていたボールをネット下から弾き出した。リベロと交代してボール拾いをしている桜は、既に両手がいっぱいになって、いくつかを転がして足で運んでいる。

ローテが回る。最初のトスが上がってきた時、私は打ち抜かれた床を想像しながら腕を振った。


四肢の末端まで疲労が沈殿している。腕は痺《しび》れるように痛く、足は鉛を括《くく》り付けたかのように動かない。いくらお茶を飲もうとも口の中は乾燥したままで、唇がヒリヒリと痛い。

「うへっ、うはっ、ぐわー汗くっさ」

真希が膝サポーターを脱ぎながら顔を顰《しか》め、何が可笑《おか》しかったのか、ギャハハと腹を揺すった。真希は気が強く、言動も大雑把で、髪をショートカットにしていることもあって、男子のように見えなくもない。サポーターを雑に鞄に突っ込む真希の横で、柚稀はせっせと制汗スプレーを身体《からだ》へ吹きかけていた。微《かす》かに漂ってくるローズの香りには、鼻孔を包み込むような優しさがある。柑橘《かんきつ》系でないところに細やかな気配りを感じた。柚稀は温厚で気が利き、誰にでも優しい。体育館部活は滑り防止の濡れ雑巾が必須だが、皆が嫌がるその準備を二年間毎日、柚稀がやってくれた。じゃんけんで負けたわけでも名乗り出たわけでもなく、黙っていつの間にか用意してくれているのだ。一年生の頃なんて、冬が終わるまで誰がその仕事をしているのか、他の誰も知らなかった。学年でも人気抜群で、彼女を嫌いな人なんて、きっとそういないだろう。

狭い更衣室では、互いの会話は筒抜けだ。幼馴染で大親友だと公言する茉梨と桜は抑えた声で話しているが、その囁《ささや》きが逆に、更衣室の雑多な音の間をすり抜けて耳に届いてくる。茉梨は桜といると途端に甘えん坊になり、反対に桜はクールになる。桜の伏し目は冷たい印象を与えるが、長い付き合いの茉梨はお構いなしだ。

「ねえさくらあ」

「何」

「疲れた。もう動けなーい」

「がんば」

「ねえさくらあ」

「何」

「茉梨まだ先週の課題出してなあい」

「やばいじゃん。英語?」

「そおー」

「なら大丈夫。永遠に出さなくても怒られんて」

「ねえさくらあ」

「今度は何」

「なんで茉梨にだけそんな冷たいのお？」

「……茉梨が特別だからだよ」

「ほんとに？　好き！　嬉《うれ》しい！　ハグしていい？」

「駄目。暑い」

「ねえさくらあ」

「何」

「お茶もう一本持ってきてるけど、いる？」

「あ、欲しい」

茉梨は無邪気な笑みを浮かべて、嬉々《きき》として鞄を漁《あさ》り始める。やがて大物が釣れた漁師のように、じゃじゃーん、とそれを引っ張りだした。

「まだ茉梨一本目飲み終わってないから、好きなだけいいよ。直接でもいいし」

「うーんとどうしよ。取り敢《あ》えず自分のに移させてもらうわ。ありがと」

茉梨の舌足らずな声と仲睦《なかむつ》まじさが滲《にじ》む二つの背は、中一の時から何も変わらない。茉梨が桜に「茉梨のこと好きだよね」と聞いて否定されたことはないから、絶妙なバランスで成り立つ危うい関係ではなく、強く結ばれた両想《りょうおも》いなのだろう。二人の距離の近さに、気恥ずかしくなって目を逸《そ》らした。最後まで一人片付けをしていたくるみが更衣室に入ってきたので、上半身下着姿のまま近づく。「お疲れー。いつも最後までありがとね。ってか今日レシーブ絶好調じゃなかった？　最後から二番目のやつとかチョー痺れたんだけど」そう言いながら肩に腕を回すと、互いの汗ばんだ肌がピタリとくっついた。その下から、動き回った後の体の熱が伝わってくる。くるみが「若菜、恰好《かっこう》。なんとかして」と身を捩《よ》じらせると、端で小さくなって着替えていた百合が控えめに苦笑した。

私たち七人は軽く三グループに別れていて、荷物の置き場所がほぼ固定されている。しかしみんながみんなと非常に仲がよく、居心地のいい部活だ。全員が地区大会出場という目標に向けて一致団結し、部活中は厳しく声を掛け合うが、強くなるためには遠慮はいらないということをちゃんと共有できているから尾を引かない。部活以外でもチームメイトは特別で、時間が許すならいつまでも話し続けてしまうくらい、誰といても盛り上がる。

「あーあ、二年ももうすぐ終わりかあ」

私が独り言とは到底思えないような大声で誰にともなく言うと、みな顔を見合わせた。

「三年こそ、数学の担当が藤吉先生になってくれ。頼む」

「担任じゃなくていいから、学年の先生には来てほしいよね」

「それより伊藤《いとう》が担任になってほしくないんだけど。あいつ男子に媚《こ》び売るもん」

「わたし前、授業中に筆箱落としただけでめっちゃ睨《にら》まれたんだけど」

「うっわ最悪。そのうちクシャミしただけで怒ってくるよ」

「茉梨は桜と一緒ならなんでもいい。でも桜が一緒じゃないと生きていけない」

「……私も茉梨欲しい。修学旅行一緒に行きたい」

「あと数学が藤吉先生で、担任が村井《むらい》先生で、志保ちゃんと堀江と違うクラスがいい」

「急に高望みしてきたね」

「っていうか三年になったらもうすぐだよ。最後の大会」

「うわっ、いきなり切ないこと言ってきた。やめて」

「引退かー。部活なくなったら学校くる意味ないんだけど。授業とか受ける意味ないんだけど」

「ね。頑張らないとだね」

私たちがこれほどまでに仲がいいのは、下の代がいないことも関係しているのかもしれない。不登校のあの子を除けば、部員は二年生七人だけ。一年生はいない。歯抜けの状態が二年続くと、当然だが部は廃止される。つまり四月に新一年生が入らなければ、私たちの引退を待って、バレー部は廃部になる。

「ねー真希ー。クラブで四月、うちの学校入ってくる子っているの？」

真希だけが小学生からの経験者だ。地域のスポーツクラブで四年習っていたため、下の代の事情に明るい。真希曰く、四強の学校はそういったスポーツクラブが盛んな地域のために、必然的に強くなるという。「なんかずるくない？　いや、ずるくはないんだけどさ」と真希は以前、不満げに唇を尖《とが》らせて言っていた。

でも、初めから強いチームはどんな漫画でも主人公の所属するチームではない。せいぜいラスボス。人を惹《ひ》きつけ、絵になる王道の主人公は、一章では絶対に弱い。あるいは、何らかのハンディを負っている。経験者が少なく、強豪に囲まれた私たちのチームこそ、最もその座にふさわしい。

真希は「えーどうだったかな」と空中を睨んだ。

「二個下は誰もいなかった気がする。私が卒団してからの二年のうちに誰か入ってなければの話だけど」

「そっか。次もまたゼロだったら、この部なくなるよね。ゼロじゃなくても最低でも六人いないと、うちら抜けた後試合できないし」

探るような沈黙が落ちてくる。みんなが身支度をあらかた終えて手が止まっているころで、誤魔化すことはできそうになかった。飛行機が耳障りな音を立てて飛んでいることに今更気づく。日光を遮ったのか、更衣室には薄い影が射し込んだ。共犯者が抱く後ろめたさが強調され、私は唾を呑《の》みこむ。

「ぶっちゃけさ、どうするよ、新学期」

真希がいてくれて助かったと思った。それを皮切りに、数人が僅かに口元を歪《ゆが》めて苦笑した。

「あたしはいなくていいんだけどね。変な子とか、やる気ない子とか勘弁だし」

「でも廃部にしちゃうと、それこそ先生可哀想《かわいそう》かも。他の部活の顧問に回されるから」

「でも嫌だなあ、茉梨。だって二年の初めもそういう話になったじゃん」

「だよねえ」

バレーボールは、決して不人気なスポーツではない。見ようによっては格闘技に見えなくもないバスケやハンドと違って、コート内には味方しかおらず、声を掛け合えば衝突も起こらない。屋内競技だから日焼けもしない。体育でもバレーは人気競技だ。

でも一年前、歯抜けが起こった。滅多にないことだと先生は首を傾《かし》げていた。私たちは、その時期に起こっていたテニスブームが原因だ、と主張した。実際は、そこには姑息《こそく》な仕掛けがある。

私たちは、この七人と藤吉先生が大好きだ。もし運動神経が良い子が入ってきて、スタメンに入られたら。多くの一年生の指導をする必要が生まれて、私たちが教えてもらう時間が減ってしまったら。

和気あいあいとした練習試合の帰り道、その不安は私たちの足を引っ摑《つか》み、どろどろとした沼へ引き摺《ず》りこむには充分すぎた。なら入れなければいい。桜は明瞭な口調で宣言した。体験入部で目一杯走らせて、筋トレさせて、体育館入ってもボール拾いばっかりやらせればいいんだよ。私たちは派手に滑り込んで、きつそうにして、ついでに痣《あざ》も見せてやればいい。青痣、ペイントで描くこともできるよね。

桜の企《たくら》みは私たちの心を瞬く間に魅了した。他に選択肢はないとさえ思ったのだ。私たちは知恵を出し合い、苛酷さを過剰に演出し、部の雰囲気が悪いようなデマをSNSで流しまくった。喧嘩《けんか》さえほとんどしたことはなく、犬猿の仲を装うのは心苦しかったが、見事、私たちは新入部員をゼロに収め、ブレーンになった桜は、企むタイプだと初めて知られることとなった。あの時期ほど桜が頼もしく思えたことはないし、今後も力強いチームメイトであることに変わりはないが、敵に回すと厄介なタイプだろうなと思ったのも事実だ。

「まあ、自然に任せればいいんじゃないかな。よっぽど上手い子が入ってこない限り、夏大が近い三年生が中心なのは目に見えてるし。そんな危機感抱くことないよ」

柚稀の言葉で、みながほっと息を吐いた。柚稀は必要な時に、必要な言葉をくれる。

「帰ろー」と茉梨が気の抜けた様子でだらりと言い、桜の腕を引っ張った。それに続いて、全員で更衣室を出る。よほど疲れたのか、茉梨はほとんど桜に凭《もた》れかかっていた。くるみが電気を消し、更衣室を施錠してくれる。真面目なくるみは、施錠確認を怠ったことは人生に一度もないという。靴紐《くつひも》が緩んでいないか触って確かめることさえ忘れたことがないというから、念には念の代表例である。

部活後はいつも、七人全員で一緒に帰る。平日もそうだから、他部活にその場面をよく見られ、羨ましがられる。バレー部は仲がいい、というのは周知の事実だ。

車通りの少ない細い道いっぱいに広がって、だらだらと足を引き摺って歩く。三月になって、植物が息を吹き返してきた。景色の中の緑色の割合が増え、町が活気づいているように見える。春の気配を感じさせる爽やかな風が頬を撫《な》で、髪を靡《なび》かせ、頭皮をくすぐった。

そのうちに桜と茉梨、百合の順に別れ、塊が小さくなっていく。私もいつもの場所で、残りの三人に手を振った。背を向け、歩き出す。辞書に『恥じる』とか、『躊躇《ため》う』という言葉がない真希の、豪快な笑い声が後ろから響いてくる。

真希は荒っぽい性格のくせに、非常にスペックが高い。運動、勉強、美術音楽家庭科、どれにおいても優秀だ。でも私は、何でも器用にこなせる人には憧れなかった。私が目指すのは、クラスに必ず数人いるような優等生ではない。

私はずっと、特別になりたかった。

いつだって、そうなれた自分の想像ばかりしていた。

何でもいい。自分だけの、特別な何かが欲しい。本当に何でもいいのだ。一人になると、途端に私の暴れた想像力は明後日《あさって》の方へ噴き出す。今日もまた、軽やかにステップを踏むように、私はありとあらゆる理想的な自分を夢想する。

次の大会で魔球のようなサーブがいきなり打てるようになるかもしれない。私のサーブポイントだけで、全国大会に出場を決めるんだ。あるいは出鱈目《でたらめ》に描いた絵が芸術家の目に留まり、ピカソの生まれ変わりだと囁かれてもいい。取材が殺到したら、センスのいいコメントを残し、爆発的に名と顔が知れて、キャップなしでは街を歩けなくなっても楽しいだろう。いい奴《やつ》なのにどこか翳《かげ》があり、なかなか心を開いてくれない窃盗犯と親しくなりたい。ある日共犯を疑われ、冤罪《えんざい》を主張するも認められず、収監された刑務所から脱走する。いっそ人生が滅茶《めちゃ》苦茶《くちゃ》になってもいいから、そんな経験をしてみたい。小さい頃に、凶悪殺人犯に誘拐されてきたかった。浪費癖のある毒親と、介護が必要な祖父母を持つのはどうだろう。いつか疲れ、一線を越えて殺してしまうのも悪くない。私の生い立ちを赤裸々に綴《つづ》った本は瞬く間に売れる。同情や非難の手紙が送られてきたら、纏《まと》めて破り捨ててやる。

もちろん、こんなことが現実に起こるはずがないと分かっている。突拍子もないことを希求していることは自覚している。私のこれまでの人生は地味で退屈で一般的で、それでもささやかな偶然くらい起こってくれればいいのにと、私は切実にそれを夢見ている。なんで私の前には、倒れたお婆《ばあ》さんがいないんだ。迷子になった男の子がいないんだ。入水《じゅすい》自殺しようとしている若い女性がいないんだ。商品を鷲摑《わしづか》みにした万引き犯が逃げてこないんだ。お手柄ニュースは飽きるほど報道されているのに、私は一度もそれらに遭遇したことがないなんて理不尽だと思う。少しは非日常を、特別感を、味わいたい。

家に着いて、ただいまと言ってから、一転、深々と溜息を吐いた。立ち止まるとつい考えてしまう。ああ今日の私も普通だった。魔球のようなサーブはおろか、ジャンプサーブすら上手くいかない。選手生命の危機に立たされるほどの重い怪我《けが》もしなかったし、帰り道に活動休止中のアイドルの熱愛現場を目撃することもなかった。これから帰る父が母と喧嘩を始めて、うっかり殺し合いでもしてくれたらいいのに。そんなことまでを考えてしまっている自分をなんて不謹慎なんだと責め、気分が上がらないまま靴を脱いだ。私はテンションの上下が激しい。一人の時は、大抵ローモードだ。

こんな時はスマホに限る。自分の部屋に入り、充電器からスマホを抜いて寝転がった。ロックを解除しようと指を押し当てても、なかなか指紋認証が反応しない。百合はこんな時、自分を否定されたような気になると言っていた。私はどうだろう。ただ苛立つだけだ。そんなことさえつまらないと感じながら、仕方なくパスワードで入った。

「お」

通知が溢《あふ》れている。現在進行形で増えている。マナーモードを解除すると、着信音がひっきりなしに鳴り、私の気分を上向かせた。下がっていたテンションが瞬く間に上がっていく。スマホは命の次に大切だ。これがないと生きていける気がしない。

バレー部のグループラインでは、今日も盛んにやりとりが行われている。特に、部活直後にラインをしていると、まだみんなと一緒にいるような気がして、互いをより近くに感じられる。

柚稀のモンブランのアイコンが浮かんだ。インフルエンサーのインスタでよく見る生絞りモンブランの専門店に、クラスの友達と行ったらしい。柚稀の写真のセンスも相まって、美味《おい》しそうというのはもちろんのこと、お洒落《しゃれ》で目の保養にもなる。

《推しのインスタ　アップされてる！》

そこに、もう家に着いていた人が続々と反応している。短いメッセージが次々に生まれ、すぐさま画面の上の方に滑っていく。

《尊い》《きゃわ》《ああもう好き過ぎて辛い》《イケメン》《愛してる》《好き》

推しというのが、有名アイドルグループのメンバーでも今話題の月9俳優でもなく、同学年の男子、桐生優斗《きりゅうゆうと》だということを知らない女子は、学年中を探してもどこにもいない。優斗は顔立ちが整っていてスポーツ万能で、コミュ力も高く紳士的。どこを取っても完璧で、爪先から毛先まで、一挙手一投足がただひたすらにカッコいいのだ。陸上部一の俊足で、短距離専門のクラブチームにも入っているという。

恋愛的な好意を曝《さら》け出すのは躊躇われるが、推しと名付ければ、誰だって遠慮なく優斗の美形を拝むことができる。彼氏がいる人にも好きな芸能人がいるように、他の誰かが一番好きでも、優斗だけは別枠で扱うことを認められる。

優斗は窮屈で気が滅入《めい》りがちな中学校生活の癒《いや》しとして、授業中の寝顔は崇《あが》められ、インスタはこまめにチェックされ、ありとあらゆる写真——卒アルに始まり盗撮まで——が徹底的に共有される。
《今日の帰り、推しと同じスポーツウェア着てる人見かけた！》《幸せすぎ》《最高》
私もひっきりなしに続くメッセージの応酬に遅れまいと気合を入れる。今日も今日とて、私は理想の特別にはなれず、推しは尊く、休日課題は進まない。

三学期が終わった。部活に行き、インスタとツイッターを交互にチェックし、グループラインで盛り上がっているうちに春休みの終わりが見えてきていた。

右耳に当てたスマホから、はしゃぐ真希の声が聞こえてくる。真希の声が大きすぎて、鼓膜が心配にならないでもないが、そんなことはあと少しで始まる新学期への興奮の前では些細《ささい》なことだ。

『やばいよやばいよ』

『ね、やばいやばい。もううちら三年生だよ』

『クラス替えもあるし。ああ無理、楽しみと恐怖で夜しか眠れない』

『去年のクラス、まじで最悪だったからなー。九割嫌いな人だった。いや九割五分くそだった。今年はいい人集まってほしい』

『私ぜったい優斗と同じクラスになりたい。クラスに優斗がいないと地獄の受験期を乗り越えられる気がしない』

『うわっ、受験か。私めっちゃ不安なんだけど』

『またそう言ってー。真希頭いいもん。絶対に桜西《さくらにし》高だって余裕でしょ。運動もできるし。ああいいなあ』

『そんなことないって』

『あるって。キャプテンやってるから、推薦ももらえるんじゃない？　もちろん一般でも楽勝なんだろうけどさ』

『どうだろねー。ていうか私みんなと離れるのが辛い。高校で』

『それな！　一生卒業したくない』

耳に押し付けていたスマホが、大きめに設定してあるラインの着信音を鳴らす。横から顔面を直接突かれたようで、私はついビクリとした。確認するとバレー部のグループラインで、電話越しの真希もおったまげたと笑っている。《ねねねね泣泣泣泣》という、重大な出来事があったのだと分かるくるみのラインに、《どーした》と真希が気軽に返信する。

《今日の夕刊にさ、先生の異動の一覧が載ってて》

赤の丸印が付けられた写真が送られてくる。

《藤吉先生、明徳中に転出だって！》

首の後ろや頬にはカッと熱が集まったが、反対に体の表面は冷え切り、全身に鳥肌が立った。内臓をごっそり抜き取られたような喪失感を伴う衝撃は、あのラインから一週間経っても忘れられない。新品のつるりとした机に伏せ、新担任の挨拶を聞き流していた。きっと優しい先生なのだろう、一度も注意してこない。

「嘘でしょ」と「仕方ないよ」をこの一週間、繰り返してきた。受け入れ難《がた》さと諦めの間を振り子運動させながらに揺れ、異動発表の新聞を何かの間違いではないかと疑い、自分で調べもした。それが事実だと分かると、何度もグループ通話を繋ぎ、その度に、「寂しい」「嫌だ」「信じられない」などと言い合い、幼稚園児のように泣きじゃくった。春休みのうち四月は新学年度準備のため部活は禁止で、始業式である今日の朝、一週間ぶりにみんなと顔を合わせた。互いの姿を確認した瞬間、涙がこみ上げ、嗚咽《おえつ》を上げて泣いた。真希は半ば叫びながら草を千切って八つ当たりし、桜と茉梨は抱き合って泣き、柚稀とくるみと百合はハンカチで顔全体を覆っていた。桜まで泣くとは正直思っていなかったが、それほど藤吉先生のことが好きだったということで、先生の偉大さとその不在による喪失感の大きさを再度実感した。

『泣いてどうにかなんの』

一ヵ月ほど前に先生に言われたことを思い出す。私は先生ごと取り戻すように「泣いてもどうにもならないよ」と言ってみた。自分を含め、みんなを奮い立たせられるかと思ったが、そう上手くいかない。「泣いてどうにかなんの、だっけ」嗚咽をこじ開けるように柚稀が言い、みんなその時のことを思い出したのか、泣き声が一際大きくなった。知っている。泣いてもどうにもならないということは。今の時間、練習すればいい。走ればいい。筋トレすればいい。あの日の先生に従うならそうだろう。夏は近い。時間の流れは早い。立ち止まっている場合ではない。でも誰もそう言わず、泣いてばかりいた。駄目なのだ。見て、褒めて、叱ってくれる先生がいてほしい。私たちは人数が少ない分、ポジションにもよるが、一人欠けたら試合が成立しなくなる。先生もそれだ。大事な人だった。精神的支柱だった。

藤吉先生の存在は部活だけではない。担任を持ってほしかった。受験の辛い時、悩みを相談できたらどんなにかよかっただろう。それはもう不可能な世界線なのだ。

感情が暴れる。体が邪魔になる。喉が嗄《か》れ、酸素が薄くなり、眩暈《めまい》がした。どれも悲しみを消化するには足りなかった。

柚稀と茉梨と桜が一組、百合が二組、私と真希とくるみが三組。クラス分けに盛り上がる同級生を横目に、機械的にそれだけを確認した。推しである優斗も三組だということを知った時は嬉しかったが、それは広大な砂漠でペットボトルを一本渡されたくらいの気休めにすぎず、握った拳も虚《むな》しく思えた。

「あんた、話聞いてなさ過ぎ」

休み時間に背中を突かれ、重い頭を上げる。真希とくるみだ。二人とも目が腫れていて痛ましい。けれど私もそんな酷《ひど》い顔をしているのだろうと他人事《ひとごと》のように思う。

「じゃあ真希は、ちゃんと聞いてたの」

「なわけ。くるみは真面目ちゃんだったけど」

真面目ちゃん、という言葉に、くるみの表情が強張《こわば》り、眉がピクリと動いた。すぐさま元通りになり、「悲しいね」と唇を噛《か》む。目が潤んでいた。それを見て私も喉が鳴る。

人生で一度の大事な式であるかのように背筋をピンと伸ばし、真剣な瞳で新担任を見つめるくるみは、簡単に想像ついた。切り替えられていなくても、ショックがまだ残っていても、くるみが私たちのようにだらしなく振る舞うことはないのだろう。くるみが正しい。くるみは間違ったことを絶対にしない。赤信号は渡らないし、校則を順守する。新担任の挨拶中、椅子に浅く腰かけてふんぞり返るというマナーに欠けた行為は当たり前に慎む。くるみが規範だ。分かっている。でも、私や真希のように馬鹿みたいに落ち込んでいないのが、薄情に思えないこともなくて、だから今、悲しいと言ってくれて嬉しかったし、安心もした一方、当たり前かとも思う。朝、一緒に泣いたばかりだ。

「顧問、誰だろ」

「さあね」

「経験者の先生、いるのかな」

「さあね」

「……聞いてる？」

「聞いてる。返事する気力がないだけ」

放課後に顧問発表が行われることになっている。だが、どれほど上手い先生が顧問になろうと、藤吉先生の前では敵《かな》わないだろうと思った。技術の面だけではない、藤吉先生ほど熱心で、素晴らしい先生は他にいない。世の中には替えの利かない人がいる。

中学の部活動の強さは、ほとんど顧問の先生で決まると言っても過言ではない。デブのじじいだったらどうしよう、と私が言うと、くるみは顔をしかめ、真希は「最悪」と吐き捨てた。

デブとじじいだった。

正顧問のデブは三十代の女性で、副顧問のじじいは六十代らしい。片方は脂肪がありあまり、もう片方は髪が不足している。足して二で割ってもちょうどよくない、と桜が二人を蔑むような目で見ながら呟《つぶや》いた。ふっくらとしているが、頰がこけて血色が悪いじじいと、顔の脂がひどいまま薄毛にしたデブが脳裏に描かれる。嫌悪感がこみ上げた。

期待するまでもなく未経験者で、二人とも運動は苦手らしい。何のアピールだ、と真希。苛立ちを隠し切れず、引っ切り無しに爪先で机の脚を叩いている。茉梨に至っては窓の外を眺め、小さく鼻歌を歌っていた。あなたたちに興味はありません。その明確な意思表示。窓の外で、既に華やかな色を削《そ》ぎ落した桜の木が、私たちを嘲笑《あざわら》うかのように鮮やかな葉を付け始めている。

予定表が配られる。去年より×印が断然増えている。その一つ一つを上から塗り潰してやりたかった。藤吉先生が作っていたものと形式や書体が違うのすら気に食わない。

「最後に、大事な話があります」

英語のリスニングがこれくらいの速さだったらいいな、と思うくらいゆっくりと、デブの方の森下《もりした》先生が言う。大事な話、という言葉に、雰囲気がピリッと張り詰めた。

「大変申し訳ないし、言い辛《づら》いことですが、バレーボール部は今年、部員募集を行いません。みなさんの引退を待って、廃部となります。ごめんね」

森下先生も、じじいである大塚《おおつか》先生も、一度、悲しげに目を伏せた。マリオネットのような、緩慢で均一で、予定された動きだった。

「理由は、ちょっと色々と大人の事情があって。夏を過ぎれば上級生がいなくなってしまうのに、ふさわしい教員がいなかったこと、などがありますが。…………ごめんね。みんなも辛いよね、うん、うん。ごめんね」

急に口調が変わり、また目を伏せる。そっくりな表情を浮かべる二人が滑稽で、吹き出しそうになる。嘲るように思った。この人達、やっぱりまだなにも分かっていない。

下級生がいない？　廃部？　誰もそんなことを悲しんでいない。むしろラッキーだ。余計な荷物が増えなくて。

「今日は一人お休みみたいですが、三年生八人と先生たち二人で、これから頑張っていきましょう」

真希が机の下で拳を握っている。挑みかかるような強い目で、藤吉先生が真希のために組んでくれた筋トレ表を睨んでいる。もう誰も、目の前にいる先生の話なんて聞いていない。

話し終えた先生たちが退席し、教室内に私たちだけが残された。場を支配する沈黙に亀裂を入れるように、百合がこぼした。

「もう無理だよ。藤吉先生なしで、勝てっこないよ」

全員が息を呑んだ。強がって、無理にでも前を向こう、その意思疎通はできていると思っていたから。それは言ってはいけないと、無言で共有できていると思っていたから。今だって、やるしかないと全員が腹を括っているとばかり思っていたから。雰囲気が凍りつき、気まずさの中に放り出され、私たちは、どうすることもできない。

真希の手にさらに力が入り、使い込まれた紙がクシャッと音を立てた。それから全身の力を抜いて、男子のように短い髪を適当に掻《か》き回す。悩んだ時、困った時、考え込んでいる時、返事に窮した時、どんな場面でも出てしまう真希の癖だ。

もう無理だよ。勝てっこない。ネガティブで、メンタルが弱い百合が、とうとう口にしてしまった。場が、諦念に支配されていく。目を背けていたどうしようもない喪失が、私たちの目の前に大きな壁となって姿を現す。

今朝集まった時、別れ際、自らを励ますように、「頑張ろう」「大丈夫」と言い合った。でも誰も、信じていなかったのだろう。その証拠に、一人として百合に言い返さないし、失言を窘《たしな》めもしない。藤吉先生がいないと、私たちは練習もままならないかもしれない。試したことがないからわからない。右も左もわからない新入生と、ステータスはほぼ同じだ。一寸先は靄《もや》に包まれて、とても通り抜けられる気がせず、その手前で途方に暮れてしまっている。

でも。

でも、ここで諦めたら、特別になんかなれっこない。それを目指す資格もない。逆境に立ち向かって奇跡のような結果を出すのが、主人公であり、特別なのだ。

私は椅子を蹴るようにして立ちあがった。ガタンと大きな音が響き、思い描いた通りに、私に注目が集まる。

「無理って言ったら、本当に無理に思えてくるんだよ。今は嘘でも、できるって思わないと」

真希が噛み締めるように、何度もゆっくり頷《うなず》いている。キャプテンは真希なのだけど。少しだけ可笑しくて、余裕が生まれた。これはまさにクーデターか。

「悔しいよ。こんなの有り得ないし、ひどいよ。だって私たち最後の年なんだよ？　あとほんのちょっとなのに、藤吉先生がいなくなって、船手がいない船旅なんて普通できっこない。代わりはデブとじじいで全く当てにならないし」

みんなが私を見つめる視線が切実で真っ直《ます》ぐで、私は勢い付く。

「でもきっと、こんな窮地に追い込まれた私たちだからこそ、やれることがある。強くなれる。気付けることがある。絶対そうだよ。私たちは、特別なんだよ」

私たちは、特別。自分で言った言葉がぐるりと一周教室を旋回して、耳に流れ込んできた。鼓膜に突き刺さって、頭蓋骨の内側で反響して、何度もリフレインする。私が求め続けたものが今、輪郭を伴って迫りくる。違う、私たちはこれを機に、もっと特別になれる。

「これからは、私たちだけでやっていかなくちゃならない。でもできるよ。私たちなら」

涙交じりの同調が、私たちを勇気づけ、背中を押していた。前進せよという強い風に吹かれた気がした。


春の大会は二回戦敗退で終わった。初戦はサービスエースを量産し、危なげなくセットを連取したが、二回戦の相手には歯が立たなかった。藤吉先生が転出した強豪、明徳中は順調に地区大会に駒を進めたらしいが、会場が違う関係で再会は叶《かな》わなかった。

春大の前に、両顧問がいきなり「スターティングメンバーを発表します」と言い出した時はすでに反抗心が芽生えていたが、くるみをリベロではなくし、センターの交代要員とすると言ったときは流石《さすが》に訳が分からなかった。練習中、割れたトスに「ナイストス」と手を叩き、わざとレフト側に寄せたレシーブに「真ん中に！」と蚊の鳴くような声で言うお二方に口を挟む余地はないと言いたかったのだが、憤りが上手く言葉にならず、抗議できなかった。その後、話した理由は単純で、誰かが怪我をした時、くるみがリベロだと困るから。先生はメンバーの意見も参考にしたと言ったが、くるみは「聞いてない」と困惑していた。大人しいくるみは、ショックを受けると怒るより傷ついてしまう。先生という目上の者に対して、反論どころか、意見もしたことがないに違いない。

練習メニューは全て、真希、私、柚稀が話し合って決めている。知識も経験もない顧問は全く当てにならず、指示なんて仰げるわけがない。藤吉先生の頃と比べフットワークや基礎練は減ったが、仕方ないのだと割り切った。ただでさえ練習時間は減り、メニューの幅は狭まり、強い人を相手にできなくなったのだ。やはり先生が仕切るのとメンバーが仕切るのでは、テンポが乱れてしまう。工夫して、切り捨てるものは切り捨てなくてはならない。

「コート練習！」

「はい！」

「ディグからやろっか」

「台持ってくる」

「おっけありがと」

ただ、何かが噛み合っていない感覚が、新学期になってからずっと頭をもたげていた。空回りしているのが明らかで、もどかしく、苛立ちが収まらない。練習中、誰もがフラストレーションを溜《た》めているのが、もう丸分かりになっている。

「諦めない！　取れる取れる！　捨てない！」

台の上から真希が主将らしく声掛けをする。いや取れないでしょ、と言った茉梨の声が聞こえた気がした。棒立ちで雑に伸ばされた手には、全く覇気がない。

確かに今のは無理だよと、私は茉梨に味方する気になってしまう。ディグ練の至近距離で、ただ鋭角に力任せに打ち付けられたら、取れるわけがない。藤吉先生の球出しはもっと綺麗な回転が掛かっていて、軌道が違った。真希はどうせ、とりあえず強く打てばいいとでも考えているのだろう。様々における歯車の微妙なズレのせいで、練習が全く上手く回らない。

藤吉先生がいた頃の充実していた日々が、既に懐かしい過去の物となってしまっていた。過去は今への一本道、だから努力を怠るなと先生に指導されたことがあったが、今の鬱屈とあの頃の輝かしさが本当に直線で繋がっているか、疑問を抱かずにはいられない。

憂鬱な気分が、じめじめした雨の日に纏わりつく湿気のようにずっと晴れなかった。気管が塞がれ、呼吸が浅く、全身が気だるい。新鮮な空気を取り込もうと深呼吸するが、湿気が更に気持ちを萎えさせる。溜息が洩《も》れた。今すぐに寝転がって、つるつるのフローリングの上で暴れたい。冷たい表面が、汗をかいた肌にさぞかし心地いいだろう。

空でも飛べればいいのにと思う。それはこれまでのような、特別になりたいという願望とはやや変質していた。ただ退屈な場所から飛び出したかった。授業中、思わず席を立ちたくなるのと同じで、集中が切れたら誰もが思う、ごく普通のことだった。


六月の席替えで、頬杖《ほおづえ》をつけば視界の中心に優斗が現れるようになった。こぼし続けていた運を、ようやく少し拾った気分だった。難しくなる授業にも、上手くいかない部活にも、おかげでなんとか耐えられる。

ああ、英語の課題出してないや。数学もだっけ。三年生になってから課題が増えた。迷惑なことだ。答えを写すからいいのだけれど。

ぼんやり考えながら、真希が優斗と話しているのを眺める。きっと、先日終わった中間テストの結果を見せ合っているのだろう。真希は頭が良い。そんなことないよと本人は謙遜するが、本心から否定しているわけではないのは明らかだった。真希は自信がないものを人に見せびらかしたりはしない。「今回ダメだった」と嘆いても八十五点はある。十分に高得点だ。

「バレー部、上手くいってんの?」

耳を澄ませば、優斗の声は遠くからでも聞こえる。バレー部、という自分が関係していそうなワードに反応して、耳が大きくなる。真希は苦々しく笑った。

「どうだろ。やっぱ藤吉先生しか勝たん」

「それ言い始めたら終わんなくね」

「だって。顧問二人もいるのにどっちも未経験者とか、いていないようなもんだし。デブとじじいだし」

「のっぽのババアと猫なで声のジジイよりマシだろ」

「きもっ」

「そう言ってやるなよ。新時代のミニキャラ候補なんだから」

「世も末期。うちら人数少ないから、コート六人入ったら向こう一人しかいないんだよね。ラリーできないじゃん。かなりきつい」

「後輩いたらよかったのにな」

「……そ。今さらツケがきた」

「ツケ?」

「何でもない。忘れて」

真希は普通の友達と話すのと同じように、優斗とよく喋る。それを羨ましいと思わない女子はなかなかいない。真希は「別に適当に話しに行けばいいじゃん」と事も無げに言うが、優斗に気さくに話しかけるのは、あまりに恐れ多い。

推しは推しだ。一線を越えてはならない。遠くから崇めるのが一番いい。

悩ましいのは、部活のことばかりだ。筋道を探し、あてのなさに溺れ、息苦しさを誤魔化せずにいる。がむしゃらにやるしかない。弾き飛ばされたボールを必死に追い、到底繋げられないと諦めながら滑り込む。そうした中で時々、ふとやる気が途切れるようになった。もういいじゃん。そう言いたくなるようになった。

きっと私が熱心に部活に取り組んでいたのは、充実していたからという理由に加え、特別になりたいという私を構成する基本的な願望と並走してくれていたからだろう。あの漫画の主人公のような、現実離れした神業が使えるようになるかもしれない。奇妙な癖が影響した、絶対に誰にもレシーブできないスパイク。大迫力の三メートルジャンプ。目で追えない音速の速攻に、緻密で爽快な頭脳戦。そんな風に、こんな特別のルートもある、と想像することが楽しかったからだろう。

最近では以前のように、特別になった自分を想像することもめっきり減ってしまった。始業式の日、どのような思考で自分たちを特別だと思えたのか、もう覚えていない。ただ胸の中に微かに残る、去年までの充足感がじんわりと温かく、慰めになった。思い出の中の私は、長年求めてきた特別とはほど遠かったが、その理想さえ枯らしつつある今の私には、十分特別だった。

夏大まで残り一週間になった。明日にはトーナメントが発表される。

その日、バレー部は外練習を取りやめ、ミーティングをすることになっていた。書道室の机を七つ、円状に並べた。

「このままじゃ駄目だと思う」

真希の表情は険しかった。不満げに眉根を寄せて、机のただ一点を睨んでいた。

「うちらたぶん三月から、全く強くなれてないよ」

私は考えていたことを整理するために、ゆっくりと頷いた。むしろ下手になっているかもしれない。真希だけに話させないよう、口を挟んだ。

「空回り、してるよね」

全員が全力でやっている。もちろん、私も。ふと気が抜けてやる気がなくなり、自暴自棄になることはある。それでもそれは、時々の話だ。それ以外は絶えず声を出して頭をくらくらさせ、毎日唸《うな》りながら練習メニューを考えている。それでも、納得できる練習ができていない。身体は思うように動かず、ボールは思い描いた様には飛んでいかない。

「あのさ、一人ずつ、今の私たちの状態、どう思ってるか言ってみよう」

じゃ時計回りで。はい、と指されたくるみが、ビクッと露骨に肩を震わせた。

やっぱり、私も、上手くいってないなって思ってた。頑張ってるんだけど、勝つためには、それじゃ足りないなって。やっぱり藤吉先生の存在って大きかったなって。

藤吉先生。その単語に、私たちの涙腺はグッと緩む。洪水のような寂しさに襲われ、悲しさの水位が増し、溢《あふ》れ出る。頬を滑り落ちた涙が机に垂れる音が、静かな教室で殊更に強調された。小さな水溜《みずたま》りが木目を歪ませている。そうだ、先生が転出さえしていなければ、今もあの頃のような部活ができていたのに。楽しくて充実した日々だったのに。

その後も話し合いは続いた。それぞれが思っていたことを、素直に言い合った。

「楽しくないよね、今の部活」「私たち、先生に甘え過ぎていたのかな」「それはそうかもしれないけど、真希とかがメニュー考えてくれて、自分たちで試行錯誤しながらやれてるんじゃないかなって」「あと一週間なんだよ。このままじゃ、地区大会なんて無理だと思う。ここで意識変えないと、あと一週間、ズルズル行っちゃうよ」「ボールに対する姿勢が甘くなったと思う。一本集中って言ってるのに、チャンスボールをミスしたり、あと拾えるボール、諦めちゃったり。先生いなくなってから、そういうとこ緩くなったなって思う」「確かに、上手くいかないこととか、悪かったこともあったよ。でもこれまでのわたしたち、そんなに悪かったかな。頑張ってきたじゃん、必死に」

藤吉先生の名前が最初に出たときからずっと、私たちは泣きっぱなしだった。悔しくて、苦しくて、でも先生がいた二年と先生のいない三ヵ月の両方の努力を肯定したかった。私たちの前には、どうしようもない現実が高い壁のように聳《そび》え立っていた。それは叩こうが蹴ろうが喚《わめ》こうが、ビクともしないのだ。私たちは疲れを発散するように泣いた。泣きながら話し合った。

「真希は最近、スパイク雑だよ。自分でコース打ちの号令掛けておきながら、気持ちよく打ってばっかりじゃん」

「もうちょっと、くるみとか百合とか、普段から意見言ってほしい。いつも私たちが決めてるけど、不安になるから、ちゃんと言いたいこと言ってくれなきゃ困る」

最初こそ遠慮がちだった話し合いが熱を帯び、剝《む》き出しの言葉が飛び交うようになった。溜めこんでいた思いが発露され、推進力と化していく。突如、私の背はピンと伸びた。

ああ、これだ。

衝動のように気付いた。今の私たちは、主人公みたいだ。

もちろん、ずっと私が憧れてきた特別の域には程遠い。世界で一番幸せでも、不幸でもない。特殊な環境下に置かれたわけでも、異能力に目覚めたわけでもない。それでも、自分たちの気持ちを曝け出し、ぶつかり合い、擦り合わせて、また一つになろうとしている。逆境に立ち向かい、一度壊れた私たちは、本音を晒《さら》し合うことで再結集していくのだ。スポーツ漫画の王道かもしれない。けれど、王道こそ正道だ。

その物語の主人公は、紛れもなく私たちだ。感動が私の奥底を震わせ、四肢の先端にまで広がり、力が漲《みなぎ》ってくる。始業式の日に追い風に吹かれて逆境に立ち向かう自分たちを投影した特別より、よほど細部まで実の詰まった、実体のある特別さ。一度団結し、上手くいかなくてもう一度苦しんだ後だからこそ、その特別さの解像度は格段に上がった。興奮が渦を巻き、込み上げる喜びに震えている。

学校の東側に位置する書道室は、西日が入らず、蛍光灯の白さが目立っていた。正面に見える東の空は、そこかしこに夜の気配がある。観客席のようだと思った。スポットライトを、私たちだけが浴びている。野球部の聞き慣れた掛け声も、吹奏楽部の演奏も、今の私たちなら全て背景にしてしまえる。そんな主人公感が、悩んで、ようやく一歩前進した私たちにはある。

ここであの子が来ないかな、と思った。唐突に不登校になって、以来会っていない部員がいた。最近頻繁に口にしていた、「七人全員で頑張ろう」という台詞にふと寂しくなる。その子が不登校になってすぐは、水筒が一本足りないだけで違和感があったのに。ぼさぼさの髪の毛でいい。むしろそれが絵になる。シューズだけ片手に持って、息を切らして、扉の前に立っていてほしい。きっと、わっと歓声が上がるだろう。主役は奪わせないけれど。八人全員が主役だ。

躊躇うようなノックの音があり、私は期待が叶ったかと即座に振り向いたが、入ってきたのは森下先生と大塚先生だった。盛り上がっていたところだったのに、タイミングが最悪で、その上、泣き腫らした顔はメンバーにだけ見せていいものだ。棘《とげ》のある声で真希が「何ですか？」と問う。

「トーナメント表が出たので、持ってきました。私、明日って言ってたかもしれないけれど、今日でした。ごめんね」

こそこそと私たちは目配せをする。私たちがどれだけそれに胸を躍らせ、不安で、待ち焦がれていたかも知らないで。組み合わせは試合結果を大幅に左右する。どれだけ重要なものなのか、二人は分かっているのだろうか。

「一回戦は」

読み上げようとする先生の手から桜が強引に用紙を奪い、「今、大事なミーティング中なので」と二人を追い出した。「桜って裏表激しいよね」真希が半ば感心するように言い、桜が「そうかな」おとぼけ顔をする。「桜ナイス」と親指を立てると、桜はニヤリとし、私たちも相好を崩した。二年になり立ての頃、新入部員をゼロに抑えた時、私たちはこんな顔で笑っていたことを思い出した。

桜は紙を円の真ん中にそっと置く。私たちは身を乗り出して見つめる。

「あった！　これ！」

柚稀の指先一点に視線が集中する。初戦の相手は、春の大会初戦で私たちが圧勝した中学だった。

――いける。

言葉にせずとも、私たちはその確信を共有する。

柚稀の細い白い指が線をなぞる。息を吞んでその行き先を見守った。二回戦で当たるだろう相手は、明徳中だった。藤吉先生が異動した学校。藤吉先生は、明徳中のバレー部の顧問になっている。

笑うしかなかった。かつてない昂揚感《こうようかん》と、自信に溢れている。

嗚咽で教室がいっぱいになった。「勝とう」真希の咆哮《ほうこう》に続いて、「うん」「勝てる」「頑張ろ」とみんなが口々に叫んだ。明徳中は毎大会、地区大会に出場している強豪だ。でも、そんなことは関係ない。滾る激しい感情を結集するように、私たちは円陣を組んだ。いける。勝てる。最高だ。

舞台は着々と整っている。二年間も世話になっていた私たちと、三ヵ月の浅い付き合いの明徳中。藤吉先生がどちらに愛着があるかなんて、考えるまでもない。明徳中を倒したら、先生は内心、どれほど喜んでくれるだろう。私たちの頑張りがどれほど伝わるだろう。この三ヵ月の悲しみも、寂しさも、苦しさも、悩みも。その価値を初めて信じられるような気がした。流し続けた涙に意味を持たせられる気がした。特別になれる気がした。

「もっと早く、話し合っておくべきだったかもしれない」

帰り道、真希はポツリと呟いた。表情はどこか暗いが、足取りは軽かった。キャプテンとしての責任が、話し合うことによって少し軽くなったのかもしれない。

「明日も、ちょっとだけミーティングしない？　毎日ちゃんと、確認し合ってやっていこう」

私は提案した。今日の昂揚感をもう一度味わいたかった。言いたいことを言い合っている限り、私たちはすれ違わない。また団結できる。それをずっと、実感していたかった。

「そうだね」「それがいい」「そうしよう」

同意を得られたことで、私の気分はふっと軽くなる。西の空に太陽が、今日という日を惜しむようにびっしりと足跡を残していた。雲が薄紫色に染まり、空の低い位置に浮いている。背の高い建物が逆光で黒く塗られ、鮮やかな色合いの夕方を四角く切り取っている。

翌日から、私たちはこまめにミーティングをするようになった。気になったことや、伝えておくべきことがあれば、たとえ時間を食ってでも一つひとつ解消していく。その度に私たちは結びつきを深め、繋がりを強くした。時に口論もした。明徳中を破る。その目標だけは、何があろうと揺るがなかった。

3

いよいよ最後の大会当日を迎えた。私たちの初戦は第一試合で、ウォーミングアップの時間が少ない。「会場、まだ温まりきってないね」例によって百合がネガティブ発言をすると、真希が「うちらが温めたれ」と胸を張り、不敵に笑んだ。それに桜が吹き出し、伝染し、私たち自身に火が点《つ》いた。

試合開始の笛が鳴る。二試合同時に行われるため、異なる音の笛が使われている。こちらのコートの方が高い。小鳥の上擦《うわず》った鳴き声みたいだ——なんて、いつも気にならないことが妙に意識の片隅に引っ掛かる。

そういえば、藤吉先生はこの試合を見ているのだろうか。いや、明徳中は外でアップしている。先生もそこにいるだろう。先生に会って、私たちの試合を見てもらいたければ、初戦を勝ち抜かなければいけない。

自信があった。春の大会の記憶がある。相手のフォーメーションも、どのスパイカーが軸で、どのレシーバーが弱いかも知っている。何より、勝利の感覚が手の中に残っている。

対戦相手に礼をする。明徳中のユニフォームは濃い赤だ。その赤が、私の視界でチカチカと瞬いていた。


——え。うそだ。おかしい。

第一セット。いつのまにか相手が二十点台に乗っている。こちらはまだ十三点。

真希のスパイクが大きくアウトになる。相手コートで、わっと歓声が上がる。もはや雄叫《おたけ》びだ。反対に、私の頬は引き攣《つ》る。真希が茫然《ぼうぜん》とした表情で謝る。次一本の掛け声が、いやに頼りない。

真希だけじゃない。全員、調子が恐ろしく悪かった。緊張しているからだろうか。踵《かかと》から上に引っ張られるような浮遊感があり、全身が落ち着かない。ジャンプした時だけ逆に、身体が下方へと引っ張られる。

焦ったのか、柚稀のツーアタックがネットに阻まれた。また相手コートで歓声が上がる。正面に見える相手の応援団がメガホンをガチャガチャと鳴らし、野次ともつかない賛辞を叫ぶ。あっという間に一セット目を取られた。コートチェンジから、震えが止まらなかった。

「みんな、緊張し過ぎ。もっと力抜いて」

真希が不格好な笑みを浮かべて言う。説得力が皆無だ。

「やばい。まじめにやばい」

酷使した指を揉む柚稀の顔色は悪い。トスがなかなか平生通りに上がらず、責任を感じているのだろう。確かにトスは安定していない。柚稀がドリブルを取られているところなんて初めて見た。でもそれ以上に、レシーブが悪い。スパイカーのミスも多い。チャンスくらいちゃんと返そう。練習中なら気兼ねなく言えることが、のどに引っかかる。余計に硬くなるのでは？そもそもとして私も、フェイントを拾い損ねて何回目という話だ。

切り替えよう。口で言うのは簡単だ。森下先生も大塚先生も、バカの一つ覚えのように何度も繰り返した。テスト中に聞こえてくる雑音のように、鬱陶しく、だが一度気になってしまうと集中し直すことができない。妙に聴覚を持っていかれてしまう。

ベンチのくるみの励ましも、真希の叱咤も、保護者の応援も、焦燥と動揺の上をつるつる滑り、上澄みでしか捉えられない。身体を冷やさないために絶えずジャンプしているが、そんな理由がなくても私の足は止まらなかっただろう。

セット間の二分三十秒は、相手チームを勢いづかせるには充分だったが、こちらが本来の調子を取り戻すにはあまりに短い。流れを持っていかれたまま、第二セットが着々と進んでいく。得点板の点数が一点ずつ着実に増えていく。首が締まっていく。

心当たりはあった。この不調について。いや、不調ではない。緊張によるものでもない。これはあるべき姿で、起こるべくして起こったことだ。私たちはずっと、間違っていた。でもそれを認めたくなくて、私は悲鳴を上げる思いでトスを呼ぶ。ミートがきちんとできなかったスパイクが、情けなく相手コートの真ん中に落ちた。やっと決まった。動悸《どうき》が収まらない。

歯を食いしばる。なけなしの意地を張って。特別な主人公は、絶対に諦めない。可能性が限りなくゼロに近くても、なんとか自分の思い描く未来を掴み取るのだ。そんな想像すら虚しくて、投げ出したくなる。だが最後まで悪足掻《わるあが》きし、みっともなくミスを重ねるしかなかった。

四月からの三ヵ月間に対する誠意だ。特別になりたい。そんな昔からの願望に対する誠意だ。

もしかしたら、そんな風に意地を張ることすら惰性なのかもしれない。

得点を知らせる短い笛の後に、長い笛の音が続いた。ずいぶん間抜けな音だった。試合終了。相手コートで選手たちが、歓喜に抱き合っている。

立ち尽くしていた。すぐ横で真希は膝に手を置き、切らした息を整えている。茉梨と桜は、やっぱり抱き合って泣いていた。百合と交代してセンターに入っていたくるみが、顔をぐちゃぐちゃにして、しきりに謝っている。最後のラリーは、くるみのレシーブミスから崩れてしまった。責任を重く感じているのだろう。でも別に、くるみが悪いわけじゃない。

私はセット間と同じように震えていた。その震えのまま自嘲的に笑った。笑い声が微かに空気を揺らして、様々な音や声が飛び交う体育館では微塵《みじん》も相手にされず消えていく。

――負けるのも当然だ。だって私たち、この一週間、まともに練習していない。

他校が必死に走り回り、チームを仕上げているその期間、私たちは話し合いばかりをしていた。ミーティングとか、親睦を深めるとか、相手のことを理解するためだと銘打って、実際はただ現顧問の悪口で盛り上がったり、藤吉先生との思い出を共有したり、お喋《しゃべ》りに興じたりすることも少なくなかった。確かに、チームメイトのことをもっと知れた。真希の好きな色は意外にも黄色だ。茉梨はコアラのマーチを集めていて、百合はテスト期間中にガチャガチャにハマった。だから何だというのだろう。そんなことを話していたら、そりゃあ楽しいに決まっている。それを私たちは、良い雰囲気と呼んでいた。四月からフットワークを一気に減らした。大会前だからと言い訳して、ここ一ヵ月はまともに走り込みをしていない。体力は衰えるはずだ。身体が動かなくて当然だ。

私たちは、私たちに夢中だった。きっとみんなも私のように、自分たちを特別視していた。大好きな先生がいなくなって、ああ、なんて可哀想な私たち。それから衝突を経て強くなるの。ああ、なんて立派な私たち。こんな私たちが勝ち上がって、恩師との対決。ああ、なんて熱い展開。

涙は出なかった。出るほど悔しくはなくて、ただ後悔していた。私以外はみな泣いている。他校が避け、ちらちらと視線を寄こしてくるほどの大号泣だった。羨ましかった。みんなは最後まで、自分たちの物語に酔いしれることができているのだ。私はもう舞台を降りている。本当は、いつか負けた時、絵になりたくて、一番激しく泣いてやろうと心に決めていたのに。

自分たちの熱と思い込みで視野は狭まり、騙《だま》され、煽られ、錯覚していた。次の試合の明徳中が体育館に入ってくる。会場の空気が変わった気がした。照明が一段明るくなり、私たちは、ライトの届かない外へ捌《は》けていく。特別にはなれなかったなと思いながら。

二章

真希

妥協の果てに見栄を張る

手を叩き、大きな口を開け、クラス中どころか廊下にまで聞こえる声で笑う。
ところ構わず伸びをして、気分がよければ歌を歌い、辛辣さを隠さない。
誰かの目なんて気にしない。
そんなものに構うなんて、労力の無駄だ。
そんな風に生きていると、思われていたかった。

1

「先生ってわりと私のこと、即断即決タイプだって思ってません？」

進路相談室の時計はデジタルなのに、一秒ずつ切り替わり続ける秒数を見ていると、アナログ時計の秒針が動くあの几帳面《きちょうめん》な音がいちいち聞こえてくる気がした。地方の会社員のデスクに置かれていそうな、飾り気のない時計。それに一瞬、視線を流した先生は、どうだろう、と首を捻《ひね》る。

「思ってますよ、絶対。でも私、遠足のお菓子を選ぶのだって、人生のターニングポイントだと言わんばかりに悩みますからね。学校のトイレが汚すぎて、どこに入ればいいのか、毎回吐き気を堪《こら》えながら考えるんですよ。帰り道だって、どの道から帰ろうかって迷い始めたら立ち止まらずにはいられないし。暗闇で食べたらカキ氷の味は変わらないって知った時の絶望感、分かります？　小さい頃から母をスーパーで長時間待たせてまで悶々《もんもん》と悩んだ末に選んでいたあの苦しみは何だったんだろうって。詐欺だと思いません？　あれ」

適当で脈絡のない作り話に、先生は甲斐甲斐《かいがい》しく相槌《あいづち》を打ってくる。表情には困惑の色が浮かんでいた。そろそろ結論を言ってあげないと可哀想か。

「つまり、優柔不断ってことです。こんな、どっちにもメリットとデメリットがある併願の仕方、どうやって選んだらいいんですか」

十月になり、進路面談が頻繁に行われるようになった。

この時期に受験校が決まっていない人はまだ普通にいる。焦ることはないと先生は言う。二学期の内申も出ていないから、どうしようもないと決断を投げている人もいる。

でも、私くらいの成績で決まっていない人は、きっと他にいないだろう。高い目標を見据えて努力しているはずだ。自分もこんな面倒事はさっさと片付けて、難関校合格に向けて勉強すべきだ。なのに、決められずにいる。

私立は選択肢にはなかった。繊細で煌《きら》びやかな制服が崩れていないか絶えず確認し、傷まないように細心の注意を払って生活する。そんな煩わしい事をしている自分が想像できなかった。なにも扱いに気を付けなければいけないのは、制服だけではないだろう。鼻に付く金持ちだらけの人間関係とか。想像しただけで億劫《おっくう》だった。

愛知県では公立高校を二校受験できる。ただ、好きな二校指差して、「はい、ここと、ここで」というわけにはいかない。試験日の関係だ。併願できない組み合わせがあり、私はそれに苦しめられている。

先生も悩ましいと眉を寄せる。三年生の担任は初めてらしい。そのせいかは分からないが、先程のように無駄話にも懲りずに付き合ってくれ、親身になってくれる。

「そうだね。真希さんの成績なら、桜西高だって挑戦できるし、合格もあると思う。でもそこに落ちると、ちょっとレベルが下がって、確かにもったいないかもしれない。それなら、桜西高より少し下だけど、明成《めいせい》高・明成東高のペアで受けた方が、確実にトップの進学校には行ける」

何度も嚙み砕《くだ》いて、十分に落とし込んでいた問題を先生はわざわざ解説してきた。分かっている。非常にシンプルな問題なのだ。

地区内で最も偏差値が高い、桜西高。ただそこと併願できる高校に、進学実績のいい高校はない。つまり桜西を受けるのは、非常にリスクが高い。

桜西高には少し劣るが、名高い進学校・明成高。明成高と一緒に受けられる明成東高も、十分に頭がいい。

私の成績で桜西に受かる確率は五分五分だろう。桜西の教育理念とか、校訓とか、カリキュラムに惹かれているわけではないから、強く希望しているわけではない。明成に不満はまったくない。むしろ家から近く、通いやすいだろうと思っている。それなのに、悩んでいる理由は一つだ。

桜西高だけが飛び抜けて、一番偏差値が高いからだ。

それはスポーツ推薦で進学する人も、就職する人さえも、みんな知っている。「桜西に通っています」と「明成に通っています」では与える印象がまるで違う。「え!?」と驚かれたときの、思わず出てしまった声の高さが違う。

「まあまだ時間はあるから、たっぷり悩んで、決まったら教えてちょうだい。悩んだ分だけ高校生活は楽しくなるはずだから、あまり急がないように」

返事をして席を立つ。進路指導室を出ると、次の番の男子生徒が慌ててこちらに向かっていた。終わったよ、とすれ違いざまに声を掛ける。

上靴の音をコツコツとわざとらしく鳴らして心地いい音の上で踊りながら、ワックスの剝げた廊下を歩く。校庭では女子テニス部とサッカー部が活動していた。テニス部の方には、ジャージを羽織っている人もいる。冬は女子から順に来る。夏は男子だ。

放課後の校舎はしんとしている。息の根が止まった生物の、死骸の中を歩いているような気分だった。堅い壁が普段より強固に見えて、私は意味もなく叩く。叩く。叩く。

プライドが高いことは自覚している。

桜西に確実に受かると断言できない私の学力では、明成を選ぶべきなのだろう。桜西と明成の進学実績は、実はほとんど変わらず、受験の難易度だけに大きな差があるのだ。両親も明成を勧めている。そんなリスクを冒さなくてもという意見に、私は心から同意している。それでも、学年の名だたる精鋭たちが桜西を受けると聞くと、明成では我慢できなくなるのだ。明確にランク付けされているせいで、その人達より馬鹿だと思われてしまうのが嫌だった。かといって桜西に落ちれば最悪だ。誰でも行けるような高校に、涙を呑んで三年間も通わなければならない。そんな屈辱に、私は耐えられるだろうか。絶対に無理だ。

悩んでも同じところをぐるぐる回るだけで、一向にそれらを解決できる策は思い浮かばなかった。プライドか、安全か。ショートカットの髪を掻き回しながら、三年の教室がある階に着く。そこで、廊下を走ってきた誰かと正面からぶつかった。「わっ」という焦った声で桜だと気付く。桜は尻もちをつき、その拍子に手から何かが放り出された。拾ってみると画鋲《がびょう》の箱で、中は限界まで詰まっているらしくそれなりの重さがある。

「大丈夫?」

画鋲の箱片手に声を掛ける。桜の目はこちらに焦点が合わず、怯《おび》えたように縮こまり、どこか一点を凝視しながら震えていた。顔には血の気がない。様子がおかしい。

「どーした？　変なとこぶった？」

桜ははっと我に返って立ち上がった。うろたえたまま両手をこちらに向ける。

「あ、ああ。真希。あ、えっと、久しぶり。それ頂戴」

どうしたのだろう。久しぶりと言われても、一週間に二、三度は廊下ですれ違い、短い言葉を交わしている。久しぶりでは全くないし、何なら今日会うのは二度目だ。それに両手を差し出されても、画鋲ケースくらい片手で十分なのに。ハムスターか。頭に疑問符を浮かべながらそれを渡すと、桜はいくぶん安心したらしく、落ち着きを取り戻してきた。セーラーの裾を引っ張って、服を正す。細い深呼吸をした。桜は常に合理的な解決策を知り、実践する。

完全に正気を取り戻し、いつもの桜になると、今の自分の異常さを恥じたのか赤面し、「ごめん、今私ヤバかった。忘れて。恥ずかしいから忘れて」と手を擦り合わせてきた。桜の慌てた姿は珍しく、できればイジり倒したかったが、そう言われてしまえば仕方ない。話を変えた。

「そーいえば茉梨は？」

桜は茉梨といることがほとんどで、夏でも腕を組んで歩いている。「昇降口」と桜は下の方を指差した。

「珍しいね。茉梨が待ってるって」

「そう？」

「普通、付いてくるでしょ」

「たまにはあるよ。たまにだけど」

「破局したんじゃないんだ」

「まさか。愛されてるよ」

「惚気《のろけ》かこのやろう」

それから、今月のバレー部会が楽しみだという話をして別れた。引退した元バレー部で、月に一度食事会をしているのだ。気心の知れた友達と延々と無駄話に耽《ふけ》るのは楽しいが、今も他の人は勉強をしているのだと考えてしまうと、焦らずにはいられない。

自分のクラスである三組の教室の前の廊下で、若菜が窓枠に凭れかかり、校庭を眺めていた。

「うぃーっす」

適当な音を発して脇腹を突く。若菜は「ドハッ！」と言いながら大袈裟《おおげさ》によろめいた。二人で笑う。

「何してたの？」

若菜はよくぞ聞いてくれたと言わんばかりに破顔し、幼い少女のように目を輝かせた。

「推し！　今日も動いてる！　生きてる！」

「ああ優斗ね」

軽くあしらって、教室の中に荷物を取りに入った。若菜がついてくる。

「風を切り裂くように走ってくよ。やっぱすっごい速いね。陸上で推薦来たんでしょ？」

「その話、誰から聞いたの？」

「風の噂《うわさ》。真希知らなかったの？」

「いや、だいぶ前に本人から聞いた」

すかさずマウントを取っていた。イケメンで人気者、近寄りがたい存在の優斗と気兼ねなく話せる女子は私しかいないと自負している。陸上の強豪、数校から推薦が来たこと、最近になって条件がよくなったこと、ランニングを欠かさないこと。全部知っている。

学年中の女子たちが優斗を推しと崇めるのが、どうにも理解できず、馬鹿にしてさえいた。親しくなりたいなら普通に話し掛ければいいのに。推しというのは、互いに牽制《けんせい》するための口実なのだろうか。それとも、現実の細部を見なくて済むための免罪符か。同級生に向かって「恐れ多い」って何なんだ。芸能人ではあるまいし。

若菜は陶然としたまま、嬉しそうにクルクル回っている。

「今日は学校で自主トレしてくれてラッキーだったなあ。勉強し疲れてたし、癒しだよ、癒し。ほんと最高」

疲れるほど勉強してるの？　咄嗟《とっさ》に浮かんだ皮肉をグッと呑みこむ。若菜がそれほど熱心に受験勉強をしているとは思えないのだが、友達でも言っていいことと悪いことがあるだろう。だが、あまりに疲れただとかもう無理だとか嫌だとか、延々と愚痴を聞かされ続ければ、普段押し殺している悪意を目一杯に尖らせて、突き刺してやりたくならなくもない。

職員室から出て来るくるみに鉢合わせた。手には数学のノートを持っていて、質問をしていたのだろうと予想が付く。くるみは真面目だが、要領が悪い。教えて、とたまに頼まれるが、説明しても、分からない時に分からないと言わないので、結局曖昧なまま終わる。

若菜と一緒に帰った。家に着いて、手を洗うために洗面所に行くと、姉が鼻歌を歌いながら髪をセットしている場面に出くわした。ブリーチ済みの金髪にコテでカールがかけられ、もはや人間の一部ではなく、既製品のようになっている。耳や鼻はもちろん、クロップドトップスの下から覗くへそにまで、ピアスがついていた。痛そうだと反射的に目を逸らす。体に穴を開けることで得られるお洒落なんて、絶対碌《ろく》なものではない。

姉は流れ着いた三流大学にすら碌に行かず、遊んでばかりいる。今日はデートか、ライブか、エステか。手付きの慎重さからして、バイトではないはずだ。遊びに行った日の姉の帰りは遅い。今日も終電で、姉が帰る頃には私は寝ているに違いない。

これから姉はどうするのだろう。いつまで親の脛《すね》をかじるつもりだろう。就活に苦労しないつもりでいるのか。見通しが甘くないのか。頭が悪い人は、自分の思慮の浅さが故に引き起こした不幸について他人に原因を求めるから嫌いだ。理屈が通らないことを平然と言うから嫌いだ。

姉のようになりたくなかった。頭の悪い人間ほど、その後の人生に困るのだと、世の中を単純化して考えるのが楽だった。姉より自分が正しいのだと言いたくて、高校はいいところに行きたかった。姉を悲惨な人生だと陰で嘲って安心していたかった。いつしか自尊心はぶくぶく太り、自分でももう扱いきれない。

自室に籠る。勉強机に両手を広げて、その広さを確認する。落ち着き、集中力が増してくる。真希は頑張っているからねと親が買い与えてくれたこの勉強机が、私の誇りだった。

「そうだよ。でもほんとにどうしよ」

「もう、どうしようって言うことが癖になって、頭ん中空っぽだろ」

「そうは言うけどさ。どーしよー、どーしよー」

「さあ。どっちでもいいやん。どうせ受かるって」

「そー。どーしよ」

「桜西と明成?」

「あーあ、どーしよ」

二学期の席替えで、私は優斗の一つ前の席になった。優斗の隣の女子は不登校のため、いつも空席で、私は聞き耳を気にせずに喋ることができる。

「ってかいいなー、優斗は。もう決まってるし」

優斗が手を組み、大きく伸びをする。「どーも。俺、優秀なんで」

「あーあ、もう勉強しなくていいとかハッピーじゃん」

「そうでもないよ。三学期に、なんか課題配られるらしいし」

「あーいーなー、頑張んなくていいの。ずるいわー」

「ふっ、ざまあ」

「くそ」

「言葉遣いが汚《きた》ねえ」

「ああいいなー。だって優斗はもうこんなに悩むことないじゃん。羨ましいわあ」

「大丈夫だって、おまえ、そう言っときながらしれっと合格するウザいタイプだから」

遠巻きに女子らが見ている。その面を順に眺めていって、若菜と目が合った。取り敢えず適当に手を振っておく。

どーしよー。いーなー。ずるーい。最近、優斗にはこの三言でしか話しかけていない。トレーニング教本を読みながらでも、きちんと返事をしてくれる優斗はかなり寛容だと思う。私が単語帳をめくっている時、用もないのに同じようなことを言い続けられれば、絶対に無視してしまう。

「ああいいわあ。お気楽な身分にめっちゃ憧れる」

「そう気楽でもないって。内申下げたらいかんし」

「え、そうなの」

「そ。なんか条件がなんたらかんたらで」

「そこ曖昧で大丈夫なんかい」

「不祥事も起こせんよ」

「普通起こさんて。ってかでもいいなあ。推薦いいなあ」

「はいはい」

優斗の返事が、若干鬱陶しげになる。そろそろ構うのが面倒になってきたか。でもお願いだから、もう少しストレス発散に付き合って欲しい。何か適当に声を発していないと、思考がすぐさま悩みごとに乗っ取られて悶《もだ》えてしまう。私ははあ、と大仰に溜息を吐いてみせた。机に肘をついて、重い頭を支える。

「昨日さ、若干傾いたんだよね」

「へえ、どっちに?」

「桜西。頑張ろうかなって」

昨日、小学生の頃に世話になっていたバレーボールクラブに顔を出した。久しく足を運んでいなかったので、まだ監督やコーチは私のことを覚えているか不安だった。ギギ、と噛み合わせの悪い横開きの扉を開けると、狭い体育館中の視線がこちらに集まる。小学生の頃、用事か何かで遅れて練習に行った時、そうして一斉に注目を浴びるのが恥ずかしかったことを思い出し、酷く懐かしい気持ちになった。

慕っていた監督に会った。もう何ヵ月も前の話だが、引退した旨を告げると、お疲れ様と労《ねぎら》われた。しょっちゅうミスをして怒鳴られていた頃と比べ、雰囲気の穏やかさに戸惑い、寂しくもなった。もう競技から身を引き、プレイヤーとして扱われなくなったような気分にもなった。きっと監督としてはそんなつもりはなく、ただ、私が小学生から中学三年生になった、というだけなのだろう。高校生になっても競技は続けるのか、という話題が、いつしか受験の話題にすり替っていた。

迷ってます。進路にくどくど悩める乙女になれない私は素直にそう言えず、桜西と当然のように答えていた。見栄《みえ》を張った自覚がコンマ一秒後に訪れ、嫌悪感がじっとりと感情を湿らせたが、「すごいな真希は」と目を輝かせて言われてしまうと、居心地の悪さは吹き飛び、照れ臭さと快感が広がった。私は褒められるのに弱い。きっと他人に評価されるということに弱い。

「いいじゃん、受かるよ。おまえ頭いいもん」

本のページの白が表面に映った優斗の目は優しい。先程、一瞬嫌そうな顔をされたことを思い出し、私は一先ず安堵《あんど》した。心の広さを尊敬する。それから身を捩じらせ、

「あーでもどうしよう」

と頭を抱えた。受かるよ。他人事な台詞が、私に優越感を与え、柔らかいところを的確に突いてくる。その一方、無責任さに一瞬、ざらついた思いがこみ上げたのも事実だった。みんなが受かるよと言う。自分より頭がいいから。でもそれは受かる根拠にはならない。

2

日が暮れた後のファミリーレストラン。店に入る時に鳴る、ベルのカランコロンという耳触りのいい音が、くっきりした輪郭のまま転がってきた。月に一度のバレー部会。引退してから関係が希薄になることを恐れて、主に若菜が言い出して始まった会だ。前回はスタバで、その前は寿司《すし》だった。冬にはラーメンと誰かが言い出すかも知れないが、受験が近くなってきたら流石に欠席せざるを得ないなと思っている。

茉梨と桜は遅れると連絡があった。七人分の席を確保し、思い思いの席に着く。私は一冊のメニュー表をまず先に自分の方に向け、一、二、三周めくった。「パスタでいいや」次の人に、テーブルの上を雑に滑らせて渡した。まず自分から。自己中に映るかもしれないこの行動が、実は重要だったりする。先に百合やくるみに選んでと言っても、委縮させてしまうだけだから。二人の遠慮がちな性格は、コートの中外、どこででも発揮される。百合は人より先に何かをすることはできないし、くるみはカロリーや値段を考え過ぎて、深みに嵌《はま》ってしまう。

「あ、茉梨と桜来た」

店の入り口の方を見ると、急いだのか、若干息を切らした二人が足早に向かってきていた。頬が上気している。十月の夜風は涼しいが、自転車を漕《こ》ぐと暑かった。柚稀の隣に二つ分、空けておいた席を手で示す。桜が茉梨を押し込み座らせた。柚稀が茉梨の正面にメニューを置き、三人が覗き込む。同じような首の角度、スタンプのような白いつむじについ笑ってしまう。同じクラスのこの三人が並ぶとき、絶対に茉梨が真ん中だ。ただ歩いている時も、そのポジションは変わらない。

話の種は色々な花壇に花を咲かせ、飽きもせず私たちは喋り続けた。桜は先生の説教中、壁に『う〇こ』と絵付きで描かれた落書きを発見し、吹き出してしまったらしい。百合は図書館司書の先生に何故か名前を覚えられていて怖かったとかで、くるみが自分のことのように顔を青くして熱心に聞いていた。覚えられた理由に心当たりがないと、悪い噂でも広がっているのだろうかと不安になるらしい。確かに、名前を覚えられて嬉しい先生と、嬉しくない先生がいる。嫌いな先生に下の名前を呼び捨てにされた時の不快感は半端ではない。そんなことを言い合って、しみじみと頷きあった。他にも、様々な話題がテーブルに上る。

「私、こないだ初めて足つった。なんか達成感あった」

「体育でサッカーやってるじゃん？　桜めちゃくちゃ上手いんだよね」

「ふっふっふ。扇風機は足で操作する女だからね」

「前、保健の授業で、謎に『おじいちゃん！』って叫ばせられたんだけど」

「学校ハサミ持ち込み禁止になったじゃん？　あれ、北村《きたむら》がぶんまわしたからなんだよ」

「掃除中に遊んでたら、トイレの鏡スッポンで割るとこだった」

「こないだ、藤吉先生っぽいシルエットの人いて、めっちゃテンション上がった！」

「先生と同じ車種の車見るだけでその日幸せになるよね」

藤吉先生は、いつの間にか完全に、思い出の中の人になっていた。いつか会いに行きたいね。そう話す頻度も、部活をまだやっていた頃、引退した直後に比べて格段に減った。人間関係は案外に脆《もろ》い。私たち中学生の生活は、目まぐるしく回る。かつて自分たちに深く食い込んでいた人物を、そっと、でも確かに、振り落として私たちは進んでいく。進まざるを得ないのだ。

やはり、最後には推しの話が出てきた。六人がスマホに保存されたコレクションを見せ合い、キャーキャーと騒ぐのをぼんやりと眺める。私がここで教科書でも出せば、空気が読めないと引かれるのだろう。じゃあ、黙ってインスタを見ていることは許されて、教科書は許されないのはなぜだ。本を取りだすのはアウトで電子書籍がセーフなら、その基準は何なんだ。

「茉梨、理科の人間の身体の範囲、小テスト追試なんだよね。めんどくさーい」

デザートが続々届く。ホイップがふんだんに塗りたくられたワッフルをフォークで切りながら、茉梨は唇をムムッと尖らせる。明るい色のリップクリームが照明の光を反射して、テカテカと可愛《かわい》らしさを撒《ま》き散《ち》らす。

「あーあれ難しかったね」

「私も追試だ。だっるいわあ」

柚稀がジュースに挿さったストローで、氷を緩やかにかき混ぜながら言う。

「グロテスクなのが嫌だよね。肝臓とか、膵臓《すいぞう》とか。もちろん体内でそういう臓器が大切な役割を果たしてるのは分かるけど。できればそういうことを一生で一度も意識せずに生きていたかった」

桜が茉梨越しに、柚稀を凝視する。どしたの、と小声で聞くと、「いや、柚稀がそういうこと言うって意外、と思って……」としどろもどろになって答えた。そうだろうか。柚稀はきれい好きで、臓器や人体を好むとは思えない。なぜそう思ったのだろう。

くるみが苦々しい顔付きで柚稀に同意した。

「教科書にさ、写真載ってるじゃん？　カラーで。っていうのはつまり、内臓を解剖した誰かがどこかにいて、写真を取って、切り刻んでシャーレに入れて……ってした誰かがいたってことだよね。想像したら気持ち悪くてやばいんだけど」

柚稀もくるみも先程まで、食肉を処理する過程で出てきた切れ端を捏《こ》ね、卵などと混ぜ、焼いて引っ繰り返したもの――ハンバーグを美味しい美味しいと言いながら食べていたことを忘れてしまったのだろうか。でもそれを意識すると、私はほとんどたんぱく質を取れなくなり、餓死してしまうだろう。現に、私が食べたのはパスタなのに、胃が途端に豚の脂に塗れ、それがどろどろと波打ちながら胃の壁を溶かしていくような不快感に襲われた。腹を掻き毟《むし》りたくなる。命を頂いているんだよ。食事前に殊勝な顔つきで言う小学校の先生が大嫌いだった。きっと、〝命〟という漠然としたものに対して感謝しろと言っているのだろうが、殺されてしまう家畜や、いらないと捨てられた部位の山を鮮明にイメージしてしまって、食欲が一気に失《う》せるのだ。食前後の挨拶は、それを作ってくれた人のためだけでいい。

お腹《なか》の辺りを撫でたり、摘まんだり、引っ掻いたりしながら気持ち悪さを追いやろうとする。ふと視線を感じ、その主を辿《たど》ると、柚稀がじっと私を見ていた。目が合う。お腹痛いの、と口パクで聞かれ、何でもと首を横に振る。柚稀は観察眼が鋭く、細かいことにすぐ気づく。なんとなく恥ずかしいような気になりつつ、冷えた指先を椅子とズボンの間に挟んだ。祖父の遺骨を見て、過呼吸で倒れたことを思い出す。まだ幼かったから、「じいちゃんがこんな姿になっちゃったのがショックだったんだね」と親戚らに気を遣われ、慰められたが、きっと私は誰の骨を見ても倒れていただろう。自分のこんな性質は、普段のキャラに似合わず、隠し通すべきものだと知っている。ありのままなんて、そんな単語、誰の辞書にも載っていてはいけない。

テストの話の先には、当然だが受験の話があった。めいめいが愚痴めいたことを言っていく。自習中に男子がうるさいとか、親が過干渉だとか、担任の先生に将来を相談したくない、とか。閉塞感のような憂鬱を感じながら、私はじっとやり過ごそうとする。

「真希はいいよね。桜西でも余裕でしょ」

「どうだろうね」

浅く笑うしかない。乾いた息が唇の手前で死んでいく。優斗にはああ言ったものの、滑り止めにトップの進学校がない桜西では、やはり不安が多い。でもプライドもある。あらゆる選択肢の先に納得が欲しいのに、そんなものはないと思い知る度、軽く絶望する。

「大丈夫だよ、真希なら」

「真希、ほんとなんでもできるもんね」

「ん。むしろ人生での挫折とか想像つかない」

嫌味とも取れる無神経な台詞に居心地が悪くなりながら、あったよ、と胸の中で呟いた。思い通りにならなかったことはいくらでもある。

部活での心残りだけでも数えきれない。キャプテンとして、十分に機能できていたのか。自問自答していると、胸を引っかかれるような後悔に襲われる。結局、七人で引退することになってしまったことについても、私たちの夏が終わり、少し落ち着いて、席替えであの子の空席越しに黒板を見るようになって、今更、なんとかできたのではないかという思いに付きまとわれている。

「絶対桜西行けるって」

「大丈夫だよ」

「いいなー。真希は頭いいし」

みなが代わる代わる言う言葉に、今日は不思議と優越感が湧かなかった。私は柚稀のように、ジュースに態々《わざわざ》ストローを挿すような上品さを持ち合わせていない。ずいぶん薄まったメロンソーダを呷《あお》り、味の薄さに顔を顰めた。

「受かるって、みんな言うけどさ」

自信を付けさせて、有名高校を受けさせたい塾の先生も。悩んでいるポーズを少しでも見せられた先生も。柔らかく、無責任な言葉で受かるよと言う。落ちたらきゅっと眉尻を下げて、残念だったね、などと軽く言うのだろう。私の人生がどうなろうと自分には大した影響がないから気楽でいられるのだ。別に、私に関わる全ての人が、私の人生に親身になれと言いたいわけではない。それでも。

「何を根拠に、って思っちゃうわ」

ずっと口の中で潰してきた不満が、ぽろりと零《こぼ》れた。親身になれとは言わない。そこまで求めてはいない。だってどうせその人にとって私は他人で、でもだからこそ、責任を持てないのなら無責任なことを言うな。低く、起伏のない声が、私を剝き出しにしている。空っぽになったデザートの食器が散らかったテーブルに、沈黙が新たに載せられた。その存在感を意識した途端、やらかしたことを悟った。

ああ、やばい。失言だ。

思わず天を仰ぎたくなった。巻き戻すことはできないともう分かっている時間の螺子《ねじ》を、何とかして巻きたいと切実に思う。

たとえみんながどれほど無責任に僻《ひが》んできたとしても、場を白けさせるような発言をしてしまってはいけない。私が悪い。ああ気まずい。焦る。隣の婦人らの笑い声が、私たちのブースを侵食してくる。頭を抱えたくなるのをなんとか堪える。

誤魔化すようにグラスを手に取る。氷を齧《かじ》ると、ガシガシという音が耳元で騒ぎ立てた。頬の内側が冷たくて、感情が冷やされていく。冷静になれと諭されれば諭されるほど、自分の失敗が猛烈に悔まれた。また違う場所から、笑い声が響く。頭ががんがんと痛い。

突然柚稀が立ち上がり、「あ、ちょっと待って。やばい」と言った。一斉に視線が集中する。柚稀は「やばいやばい」と一人で呟き、椅子の周りをぐるぐる回り続けて五秒くらい後に、「ごめん、何でもない」と首を振り、事も無げに再び席に着いた。一同がきょとんとした。顔を見合わせ、首を傾げる。

「どしたの?」

「くしゃみ出そうだった。けど出なかった。最悪なんだけど」

呆気《あっけ》に取られる周囲を余所《よそ》に、柚稀は平然とした態度を崩し、キリリと険しい表情で明後日の方向を睨んだ。

「うわーまじか。ほんっと最悪。まじで最悪だ。あーあこりゃ明日、雪降るわ。みんなごめん」

本気で悔しがるようなことと思えず、いやそこまでか、と一同で取り敢えず突っ込んだ。

「分かるけどさ、くしゃみちゃんと出んとスッキリしないって。分かるけど。でも大袈裟すぎるでしょ」

私は普段通り、大袈裟に笑い、手を叩いた。白けた雰囲気がぎこちなく元通りになって、生き返った心地がするほど安堵する。柚稀の長い前髪の隙間から見える双眸《そうぼう》が、こちらに向けて緩く細められた気がした。目だけでこっそり礼を伝える。こんな風に、入部当初から柚稀にはいつも気遣ってもらってきた。実は一番頭が上がらないし、素直になれる相手でもある。

みんなと一緒にいると、楽しまなければ、という義務感で疲れが出る。きっと、心から集まりを楽しめている他の人には分からない感覚だろう。学校行事でもそうだ。端から楽しいものだという前提があると、次の高いハードルを越えなければ、人は満足できなくなる。楽しみを生み出そうと躍起になってしまうから、結局、楽しさは半減される。

すっかりのぼせてしまっていた。軽快な入退店ベルと共に、涼しい風が首筋を撫で、表面の熱を剝ぎ取ってくれる。剝ぎ取ってほしいと思った。

中間テストの返却が始まり、休み時間中も騒がしさが抜けなかった。私は数少ない間違えた部分を確認して、負け惜しみを重ねる。ああこれはだって、二択まではきちんと絞れていた。迷ったけど、冷静に考えればちゃんと答えられた。これはただの計算ミス。こっちは問題文が分かり辛い。ここところが合っていれば百点か。余裕で取れたのに、勿体《もったい》無いことした。いやこんなの、実質百点みたいなものだし。

「ええー！　うっそ、くるみすごくない？　英語九十七点？　やばくない？」

若菜のはしゃぐ声に、反射的に振り向こうとした自分を抑えた。耳を欹《そばだ》てる。

「九十七って、最高点九十九って言ってなかった？　え？　最強じゃん」

自分の英語の点数は覚えている。だが、もしかしたらと思いもう一度確認した。やっぱり、見間違えてなどいない。九十四点。負けている。会話に交じってたまるか。意地でも知らない振りをする。

今回の英語の平均点は高かった。勉強すれば取れるよと先生が事前に言った通り、教科書本文を丸暗記すれば高得点が狙えるような、簡単で捻りも応用もないテストだった。くるみはバカ真面目だから、つまらなく実りのないひたすらの暗記で点数を跳ね上げたのだろう。

だが、受験で教科書と全く同じ文章が出てくることはない。だったら、それは無意味な努力だ。それだったら学校の定期テストなんて捨てて、受験のための勉強をすればいい。内申は安定している。よほどのことがない限り、下げられることはない。そう踏んでいたから、私は効率を求めて、意味のある勉強をした。結果、九十四点。ほとんどノー勉でこれだ。悪かったが、まあ悪くない。先程までは、それなりに満足していた。

学校はしばし、生徒に無駄な労力を使わせる。漢字プリントが課題に出たとして、間違えた問題をやり直せばやり直すほど、評価は上がる。が、全問正解で書き込みが少ないと、加点はない。B4の紙の裏面を、同じ漢字でびっしり埋めたくるみは〝SS〟の評価が付き、授業内で先生に褒められていた。みんな驚き、感心していたが、「そこまでしないと覚えられないの？」と私は率直に疑問だった。三回書けば身に付けられる人が、点数が欲しいからと五十回もやり直しをするのなら無駄でしかないだろう。どうしてワークは三回分の提出を求めるのか。一度で理解して覚えることができたらそれでいいはずなのに。

「真希ー」

若菜に呼ばれ、最悪だ、と内心で毒づいたが、無視するわけにはいかない。

「ん？」

「英語、何点だったー？」

ぶっきらぼうに答えた。

「九十四」

「九十、四……だって！　くるみ、真希に勝ってる！」

若菜が無邪気にくるみに向けた驚嘆の視線が堪《たま》らなく屈辱的で、謙遜しながらも照れが隠せないくるみに苛々した。いつもは負けて当たり前、手放しで称賛して、たまたま一教科勝った時に、鬼の首でも取ったかのように誇らないでほしい。あまりにアンフェアだ。こちらの条件が厳し過ぎる。

「すごいね、くるみ。これ見たら、私も頑張ろうって思える！　切磋琢磨《せっさたくま》って大事だよね」

切磋琢磨。若菜が好きな言葉だ。他に一球入魂、初志貫徹、大胆不敵などがある。本人が公言しているわけではないが、使用頻度から充分に察せられるのだ。部活Tシャツに印字されているような、熱い言葉に魂を引き付けられるのだろう。

「ていうか真希に勝てたんだったら、桜西行けるんじゃない？」

「ええ？　そんなそんな。若菜やめてよ」

「……行けるわけないでしょ」

そう吐き捨てた自分の声の低さと抑揚のなさに、自分でも驚いた。苛立ちが態度に表れそうになり、必死に自制する。黒々と濁った息を吐き出す自分を客観視して、その余裕のなさに更に不快になった。

幸い、若菜とくるみには聞こえていなかったらしく、週末に一緒に勉強しようと約束し始めていた。「一緒に勉強しよう」は「一緒に遊ぼう」と同義だ。バックミュージックには大きすぎる二人の話し声から懸命に意識を逸らす。ちょうど席を立っていた優斗が帰ってきた。適当に話しかける。話しかけずにはいられなかった。

「ねーあのさー」

「ん？」

「昨日読んだ本がやたら説教的で、めっちゃウザかったんだけど」

「あーたまにあるよな。なんて本？」

「それは覚えてないんだけど」

なんなん、と優斗がずっこける。

「そんなことある？」

「あるよ。だってミスドの商品名とか、時々分からんくなるじゃん」

「あれ全部ドーナッツでよくね」

「それ大枠のネーミング。てかやばい。私昨日、課題やったのに出し忘れた」

「うわもったいね」

「一日過ぎたら大幅減点って何なのマジで。忘れることくらいあるし、放課後に取りに行けとか権力乱用じゃん」

「自転車使用禁止だしな」

「でもいいのか優斗は。推薦だから、課題忘れても私らほど絶望しんでしょ」

「まあそうだけど」

優斗がやや唇を尖らせた。若菜が、『先生が理不尽なこと言ってちょっと不機嫌そうにしてる優斗がちょーカッコいいの』と熱く語っていたことを思い出す。どんな顔をしていても、イケメンはだいたいイケメンで、ブスはだいたいブスだ。そう変わるものではない。

「あー推薦っていいな」

「結局そこに帰着するよな、おまえ。本の話してたんじゃなかったのかよ」

「そーだっけ」

「どっち受けるか決まったの？」

「まだ。どっちももう面倒臭い。もうどうでもいい」

「はよ決めろや」

「こんなに悩まんくて済んで、勉強しんくていいとかずるいって」

「諦めろ。あと四ヵ月とかだろ」

「羨まし。裏の山だよ。表の海の逆！」

「面白くもないことくどくど言う前に課題持ってけよ」

「もう持ってった、たぶん」

「たぶんはヤバい」

いつにも増して粘っこいダル絡みに、優斗は根気よく相槌を打ってくれていた。先程の若菜とくるみへの反感に加え、先日のバレー部会での失敗、志望校が決まらないことへの焦り。バサバサと積み重なった重苦しい荷物は、気を抜くと私の思考を乗っ取り、自己嫌悪の闇に引き摺りこむ。それに被《かぶ》せるために、私は適当に言葉を捻《ひね》り出し、軽口交じりの会話をして、気を紛らわそうと腐心する。一人ではもう忘れられない。癖になってしまった。

「っていうか優斗、横誰もいなくて寂しくないの？」

「別に。授業中寝てても迷惑掛けないのはありがたいよ」

「やばい、私さっきの理科爆睡した」

「おじいちゃんだから仕方ない」

「おばあちゃんはもっと仕方ない」

「若い綺麗な女性でも寝る時は寝るんだよな」

「私内職が一番集中できる」

「はい出たー。レア度２」

「ちなみにレア度ＭＡＸってなんなの」

「全部の授業起きて、全部ちゃんと聞いてる人」

「だと思った」

ケラケラと笑うと、隣の席の男子が鬱陶しそうに眉を寄せたのが雰囲気で感じ取れた。気にせずに私は笑い転げてやる。

「っていうかいいなー。もう頑張んなくていいの」

私は額を疲れた風に押さえ、何度目かの台詞をこれまでと同じ口調で繰り返した。優斗が短い溜息を吐き、ふいに返事が途切れた。唐突に現れた沈黙に気まずくなり、その顔を上げると、優斗の眼差《まなざ》しが急激に冷ややかになっていくことに気付く。突然の温度の遷移に動揺し、体が固まった。

「あのさ」

呆れがまだら模様に入り混じり、うんざりだという思いが滲んでいた。

「推薦だから頑張んなくていいなって、ずるいずるいって、ずっと言ってるけど。もう何回も、何日も言ってくるけど」

頰が強張る。心臓が耳元に張り付いたように、鼓膜をわざとらしく揺らした。

「スポーツ推薦の人の努力は、『頑張った』に含まれないわけ？」

特別に感情的ではない。怒りでも叱責でもない、冷静な抗議。それは優しく私を真二つに薙《な》いできた。次の言葉を探しあぐねた脳味噌《のうみそ》が、ふいに思いだす。『頑張るのも才能の一つ』この、素晴らしいことをなにか上手く言ってやった風の名言が、私は一番嫌いだったということを。

頑張ることが苦手な人がいる。学校行事をたかが学校行事と嘲り、部活に精を出さない人がいる。中学生になって、千差万別の自己主張を持つ級友たちとなんとか折り合いを付けてやっていく必要が生まれて、私はそのことを理解した。つまり、現実に対する熱量には差があって、目の前の目標がどれほど魅力的に見えるかは人によって異なるということを。きっとそれらが低い人のことを、優しく生温かな、一切を肯定する善人気取りの人達が「頑張れない人」と名付け、緩やかに包み込むことにしたのだろう。そこまでは納得している。投げ遣《や》りな気持ちで、いいやとも思う。でも。

でも、本当に頑張った人に、その柔らかな理屈で、「あなたは頑張る才能があったんだね」と片付けるのは、あまりに努力を軽視している気がして、費やされたエネルギーを馬鹿にしている気がして、そこに至るまでの過程を無視している気がして、視点がアンフェアな気がして、異論を唱えずにはいられなかった。

遊びに行く姉に毎度渡される数千円。

息抜きを連発する友人。

走る優斗の荒い息遣い。

眠い朝にそれでもやらなければと覚悟を決めて起き上がる、あの瞬間。

だから、本心じゃなかったんだよ。ずるいなんて全く思っていなかったんだよ。いいな、なんて言う資格がないって、ちゃんと知ってたんだよ。

私は胸の内で独りごち、必死に言い訳を重ねる。苦しげな表情を浮かべながら、痛んだ足を気力で前に進めながら、毎日懸命に走っていたことを、私はちゃんと知っている。優斗にしつこく「いいなー」と言い続けていたのは、「ずるいなー」と不満を口にしていたのは、本当

は、本当に、そんなことを微塵も思っていなくて。友達の努力が報われたことが、自分のことのように嬉しくて。

ただ、初めて聞いた時から褪《あ》せない喜びを、優斗本人でない私がどれほど長く表現していいのか分からなかったから、そう言っているしかなかった。私はただ、優斗が推薦をもらった、そのことを忘れていないんだよ、おめでとうって祝福しているんだよと伝えたかっただけで。

伝わらないものだ。いや、今までの私の言動で、伝わるわけがないか。本当は喜んでいるなんて、まるで表に出す気はなくて、ずっと隠したまま、ストレスの捌《は》け口にしていたのだから。ムカついて当然か。私は胸の中で苦笑する。でもそれはそうか。たくさんの人に向けられた、「受かるよ」という無責任にしか思えなかった言葉が、もしかしたら励ましだったかもしれないと、今になってようやくその考えに至る。

不穏な気配を弾くように、あっけらかんと笑うしかなかった。動揺して、それを隠せず素直に謝るなんてそんなみっともないこと、私にはできない。したくない。

「マジにならんでよ。凡人の僻みだって」

ラインだったら、最後に〝笑笑笑〟と付け足すだろう。その文字とは反対に、既読や返信が気になって眠れなくなるだろう。

凡人の僻みだって。何気なく口から発せられた言葉が空中で反転し、矢となって私を射た。

そうやって卑下しなくてはいけない情けなさにダメージを受けながら、憐《あわ》れにも自分を打ち砕く要素が脳内で弾け飛んで私を穿《うが》つ。

バレーボールは小学二年生の時に始めた。中学ではエースとキャプテンを務めた。だから何なんだろう。当たり前に、私には推薦は来ていない。優斗のように部活を主にした高校生活なんて、端から選択肢にはなかった。それほどの自信はない。つまり、自信を裏付けるだけの実力はない。

自慢だった学力も燻《くす》ぶり、学年の精鋭たちが次々と桜西に照準を合わせていく中、私一人、臆病に決断できていない。決断できない程度だったということだ。本当にできる人なら、滑り止めがなくても恐れることはない。

いやでも、凡人は嫌だな。凡人よりちょっとできるし。できる人の中で、できない方なだけだし。いやでも、それよりもうちょっとはできる。うん、もうちょっとはいけるはず。できる人の中の超できる人の中に入れていないだけ。いや、それも嫌だな。

ああくそ。大きく息を吸う。悔しいなこれ。気道をこじ開け、教室の淀《よど》んだ空気で肺を膨らませる。悔しいな。苦しいな。しんどいな。でも呼吸をして、ずいぶん楽になる。

「決めた。私、明成にするわ」

声には意外にも芯があった。気持ちはスッキリしていたが、どこか自分の深いところで、引き留めようと何かが蠢《うごめ》き出すのを感じている。今ここで重大な決断をしてしまうことを、軽率だと引き留めているのかもしれない。当たり前だ。迷いがないわけがない。これから事あるごとに、この選択を後悔するのかもしれない。

「どした？　急に」

「今、腹括ったの」

深い場所での蠢きが伝播《でんぱ》し、全身が熱を持ち始めていた。視界が狭まる。足が落ち着かない。頬が引き攣っていないことを期待して、私は唇を無理矢理に吊《つ》りあげて笑った。いつもみたく髪を掻きあげたいのに、腕が机に張り付いて動かない。

後悔するだろうか。きっとするだろう。するに違いない。例えば桜西の制服を見た時に。例えば大学受験が迫って来た時に。それでもいい。そう思える私が、少なくとも今この瞬間は、ここにいる。

後悔のない選択なんてない。あるかもしれないけれど、現時点ではどれがそれかは分からない。だから今は、だらしなく見栄を張った自分のまま、今、納得できる選択をして、いつかするかもしれない後悔の形を選ぶしかない。後のことは全部、未来の私に押し付けるしかない。

優斗がきょとんとした顔で首を傾げる。

「いいの？　おまえ、桜西にこだわってたんじゃないの？　なんたって一番だし」

思わず舌打ちしそうになった。なんだってこいつはこんなにも鋭いんだ。

私は驚いた表情を苦労して作り、次に心外だと眉をひそめ、首を振る。

「全然。そんなの関係ないよ。一番とかどうでもいい。人にどう見られるかって、私一切気にしないし」

演技臭くないといいなと思った。嘘八百にも、きっと私なら強い説得力を持たせられる。そう思って、内心で苦笑いを浮かべた。自分の神経の図太さに呆れ、自信を得て、勢い付いて、それにね、と続ける。

「明成の方が、断然家が近いから。桜西も明成もほとんどレベル変わらないのに、通学に時間かけるのってバカじゃない？　冷静な判断、できてないじゃん」

家が近い。私の武器はたったそれだけだ。錆《さ》びた武器。今にも壊れそうで、ぐらぐらと揺れている。だが私はそれを自慢げに掲げ、胸を張る。誰にも触らせなければ、その脆さはバレずに済む。私は私を守っていられる。

私は有り余るプライドを持て余している。どう見られたって構わないと豪語する割に、下を向いては歩けない。

きっとこれを、私は捨てられないのだろう。今回の決断だって、成長の行く先にあったものではなく、妥協の果てに見栄を張った。卑怯《ひきょう》だと自分を詰《なじ》ろうが、これからもずっと、自分を納得させるためだけの言い訳をし続けるのだろう。そんな自分を、諦めるしかない。そんな自分でいい。それでも十分やっていけると、これまでの人生で私は既に知っている。

大変だなと我ながら思う。でも大丈夫、どこにも問題はない。自分と融和するのだ。必死に自分を取り繕う自分も愛おしく思えてきて、私は声を上げず、口元だけで薄く笑った。

三章

愛美

元気でな、明日まで

学校という窮屈な場所で居場所を失った。
鬱々とした気分で電車に乗り、始点と終点をひたすらに行き来する。
一人でいたいけれど、孤独には耐えられない。
そんな悩みを抱え不登校になっていたら、あの子はいったいどれほど喜んだだろう。

1

気が向いたらカーテンを開ける。今日の場合は昼食前で、白いレース越しの陽光が眩《まぶ》しい。ぎゅっと目を瞑《つぶ》ると眩暈に襲われた。逆らわず、本棚に凭れかかって落ち着くのを待つ。朝トイレに行ったきり、ずっと寝転がっていたのだ。無理もない。

壁に掛けられた時計の針は折れてしまいそうなほど細く、自信なさげに十四時を示している。今日の昼食は何にしよう。お茶漬けと冷凍の唐揚げでいっか。昨日の昼食も似たようなものだったけれど。なんなら毎日そんな感じだったけど。わたしは軽く伸びをして、キッチンに向かう。

学校の支配を拒み続け、約二年半——などというほど信念をもった不登校ではない。ただのサボりだ。二年半、サボり続け、その間に四季はいくらか巡ったらしく、わたしは今、便宜上は中学三年生らしい。四月に挨拶だと電話を掛けてきた新担任は、学校の素晴らしさと気晴らしの必要性を留守電に説いていた。『三年三組には素敵なクラスメイトがいっぱいいるわ。わたしはこの学年の担任を持つのは初めてなんだけどね』

リビングから両親の話し声が漏れ聞こえてくる。わたしは温まりきっていない唐揚げをちまちまと齧りながら耳を澄ませた。前回、父が家に来た時と全く同じ話題。よくもまあ飽きもせず、同じところをぐるぐると。

両親は離婚に向けた話し合いの真最中だ。その真最中は、笑えることに、実に五年ほども続いている。慰謝料だ、共有財産だ、手続きがああだこうだ。抑えた口調で始まるが、ヒートアップすると、怒鳴り声と叫び声が濁って入り混じる。そして最後は、冷静になれたらまた話しましょう、で終わる。握手でもしてくれないかなとわたしはいつも期待している。スポーツ漫画みたいだし。下手な映画より絶対におもしろい。

両親はリコンブルー——マリッジブルーと掛けてわたしが作った言葉だ——なんじゃないか、とよく思う。つまりはビビりなのだ。離婚はしたい。でも躊躇ってしまう。ここでパートナーを切り捨てていいのか。早すぎる決断ではないのか。後悔しないのか。本当はこの人と、もっと幸せになれるんじゃないのか。

そう思考する度に両親が滑稽に思えて、リビングルームが可愛らしい芝居小屋に見えてくる。語気荒く罵り、あんなやつと結婚するべきではなかったと吐き捨てるくせに、愛着が湧いているのか。まだパートナーに何か期待しているのか。

一方でわたしは、話し合いの盗み聞きにすぐに飽きてしまった。食事に適当にケリをつけ、席を立つ。椅子が引き摺られて、鈍い音が不穏に響いた。

約千日にわたる不登校生活で、午後に何をしようと悩んだことは一度もない。本を読みたければ読み、スマホを触りたければ触り、寝たければ寝て、トイレに行くために起き上がる。

インターフォンが鳴り、リビングの熱い闘いが一瞬、鎮火する。セールスだろうか。こんな昼間に？　珍しいと首を傾げて、わたしはモニターに向かった。両親はリセットしたように、また抑えた声の段階から再試合する。

はい、と愛想の欠片《かけら》もない返答をした。「アタシー。開けてー」とかったるそうな声が聞こえた時にやっと、画面に映されているのが姉の麻美《あさみ》だと気付いた。

「さっむいわあ。なんなのまじで。地球温暖化してるんじゃないんかい」

「麻美、キャラ変わった。おっさんが同居中」

「愛美《まなみ》、お黙《だま》り」

「へーい」

「ここにもオッサンおるわー」

数年前に唐突に出て行った姉は、リビングの両親に一瞥《いちべつ》もくれず、わたしの部屋に居座った。「空気籠ってる、最悪」悪態を吐く割に、一向に出て行こうとはしない。

「で、なんで家に来たの？」

当然の疑問を口にすると、姉はふっと含み笑いをした。

「さあね。それよりあんたこそ何で家にいるのよ。平日でしょ？　学校は」

ここで憚ったり、気まずくて目を逸らしたりするほど、わたしは後ろめたさを感じられているわけではなかった。「不登校」と適当に答えて姉の手土産のえびせんべいを齧ると、姉は正面でそれを口からポロリと落とした。唖然《あぜん》とした調子で言う。

「不登校！」

それからもう一度、「不登校！」と叫んだ。そして爆笑する。ヒイヒイと奥歯から堪えられないものが漏れ、息も絶え絶えといった様子で床をのたうち回る。笑いは収まらない。その気配もない。何がそんなにもおもしろいのだろう。わたしが少し離れたところからティッシュを取り、指を拭いている間中、ずっと笑っていた。そのうち「腹筋攣る、やばい」と床を叩き始めた。

「止めて。築五十二年のぼろアパートが壊れる」

「四十二だと思う」

「どうでもいいよ」

「よくないよ。父さんの年齢と一緒」

「もっとどうでもよくなった」

姉は切らしていた息をなんとか元の調子に整えたが、わたしをちらりと見て、また吹き出した。さすがに不機嫌になる。

「なんなの」

姉は目尻に浮かんだ涙を拭いながら言った。

「いやあ、あんたもこっち側デビューかあって」

「どっち側よ」

「分からない？」

ひんやりとした声に、思わず姉を見つめる。姉はわたしを見つめ返してきた。視線が交錯する。姉が目を眇《すが》め、意志が注ぎ込まれる。

まともじゃない両親のもとで、姉は順調に、まともじゃなく育った。数年前に忽然《こつぜん》と姿を消して以来、家に帰ってきたのはこれが初めてだ。以前、外でばったり出会った時、数人いる彼氏の家を渡り歩いているのだと誇らしげに教えてくれた。彼氏が全滅すると、ＳＮＳで泊めてくれる男を探す、とも。

「だって我が家で、あんただけだったじゃない。真面目に学校行って、宿題して、友達と遊んで。確かクラス委員とかもやってなかった？　あとあれ、部活は入ったの？」

「やってた。学級委員。部活も一時期。バレー部だった」

「ほら」

したり顔をする姉に溜息を吐く。確かにわたしは中学一年の不登校になるその前日まで、それなりに真面目な優等生だった。多少の体調不良では学校を休まなかったし、もちろんサボったこともなかった。振り返れば、廃れた環境でよくそう育ったなと思う。だがそれも、中一の初めまでのことだ。

ある夜のことを、朧気《おぼろげ》に覚えている。わたしを構成する要素が、劇的に変化してしまった夜だ。

お気に入りのバンドのライブ映像を見て、さあ明日の予習をしようと思った直後、その気持ちが、波が引くようにザザザと音を立ててなくなった。なんだこれ。呆然《ぼうぜん》とし、しばらく何も考えられずじっとしていた。はっと我に返り、明日の予習をしようと自分に言い聞かせた。自分を説き伏せるような気持ちだったが、起き上がることすらできなかった。感情と、体を動かすための神経の繋がりが、唐突に切れてしまったかのようで、床に背中がのっぺりと張りつき、頭は疑問符で覆われていた。訳が分からなかった。どうしてと問い続けていた。体調は悪くなく、体はむしろ軽かったのに、行動を起こすエネルギーの全てが奪われていた。何をする気も起きず、腕を数センチ動かすことすら面倒で、その日はそのまま眠った。翌日は早朝に目が覚め、学校に行くか否かと迷うこともせず、気付いたら夜になっていた。その時には既に、前の日に感じた焦りも戸惑いも、学校を休んだことへの抵抗も罪悪感もなく、それらは再び戻ることはなかった。

停滞した部屋で、ただ、呼吸だけをしている。いや、本当に呼吸をしているのかさえ怪しいと、往々にして思った。深い海の底にわたしは沈んでいて、そのことにすら気付かず、息をしているつもりで死んでいく。実際わたしが溺死するなら、きっと苦しんでいることにすら気付かず死んでいくのだろう。

「そっかあ。愛美も不登校か。嬉しいよ、ようやく自分の妹が自分の妹と確信できた」

「今までどっかから攫《さら》ってきたとでも思ってたの？」

「当たり前でしょ」

平然とした物言いに、一瞬たじろぐ。姉はそんなわたしにきょとんとしていた。

「え、じゃあ逆に聞くけど。小さい頃、本当にあの親と血が繋がっているって思ってた？」

「まず、血が繋がるっていう感覚が理解できない。遺伝子を受け継ぐ、ならわかるけど」

姉は鬱陶しげに顔の前でひらひらと手を振った。

「いいよ。そんな言葉遊びとか、個人的な価値観の話は。それに遺伝子って何、カッコつけちゃって。あんた本当に学校行ってないの？」

「行ってるって言ったら、信じる？」

「無理だね。愛美からはもう、アタシと同じ臭いがしてる」

特に返事を思い付かなかったので黙っていると、姉はそれ以上何も言ってこなかった。沈黙がわたしたちの隙間を埋めるが、気まずいとは思わなかった。いつだってわたしの感情は遠く、景色は常温で、世界の彩度は低い。

ガシャン、とリビングの方から、何かが叩きつけられる音が聞こえて、姉は僅かに視線を向ける。思い出したように手を叩いた。

「ああアレか。まだやってんの？」

「やってるやってる。たまにインターバル挟みながら」

「長距離ランナーかっての」

「体力半端ないよね」

「まあでもあんた、一回くらい学校行きなよ」

ふいに方向転換した話題に追いつけず、わたしは「へ？」と気の抜けた返事をした。姉は存外真剣な表情でこちらを見ている。部屋の暗さに、薄い青のアイシャドウが浮かび上がって、姉を幽霊のように仕立てていた。

「大きくなって、学校生活の素晴らしさに気付いちゃった？」

「別に」

「人生は一度きりだから勿体無いよって言ってみたくなった？」

「全く」

「姉としての使命感が芽生えた？」

「いや」

「じゃあなんで」

姉は雑に、顎《あご》でリビングの方を示した。

「あれが進まないの、あんたのせいなんだよ。ってか子供のせい」

「は？　なんで」

「せっかくアタシが気利かせて出てってやったのに。二号がずっと家にいるから。そりゃ話は纏まらんわ」

「詳しく言って。それが面倒なら、断片だけで話すのはやめて」

「嫌だよ。好き勝手喋って、我儘《わがまま》に黙るのがアタシのモットーなの。あんただって、どうせ興味ないんでしょ？」

「ないよ。そろそろ食い下がるのも疲れてきた」

「だろうね。まあアタシ、明日までここにいるから。明日は学校行ってよね。見送りとかされたくないし」

はあ、と適当に相槌を打つ。性急に事が決まっていく。一晩中、この人と顔を突き合わせていなければならないのか。それに見送りなんて、もともとするつもりはなかったのに。勝手に帰ってくれれば、翌日にはまたその存在を忘れ、顔も思い出せなくなっていたのに。

どうせ今晩の男が見つからず、金も尽きてネカフェにも入れず、ふらっと転がり込んできただけなのだろう。生活リズムが乱れていて、早起きなど到底できず、明日には学校に行けないなんて言わないに違いない。

夜中にトイレに行きたくなり、布団から出た。戻ってくると、姉が魘《うな》されていた。寝言は聞き取れない。わたしは気にせずにまた目を閉じた。

2

アラームで目を覚ました。約千日ぶりのまどろみの許されない朝に、わたしは咄嗟に目を擦っている姉に枕をぶつけた。

「何すんの」

「こっちの台詞。何のつもり?」

「学校行かせるためだって」

わたしは何も言わずに押入れを開けた。湿っぽい空気がむわっと這《は》い出てくる。奥でぺしゃんこに潰れた通学鞄を、用水路に落ちた老人を引き上げるように引っ張り出した。

「なんだ。ほんとに行くんだ」

「学校行けって永遠に言われながら一日過ごすのもうざいし」

謎の催促に抵抗して家に居座っていたいほど、家に拘《こだわ》りがあるわけではない。ここで姉と、行く、行かないの口論をずっと続けるのは、想像するだけで嫌気がさした。学校はそれほど遠くないが、記憶が正しければ、もっと近くに公園や図書館があるはずだ。そこで時間を潰そう。姉がいなくなった頃を見計らって帰れば完璧だ。

「ああ、公園とか図書館とかやめてよね。ちゃんと学校に行って」

「なんでよ」

反射的に、鞄を投げていた。思考を読まれている。姉はやれやれと舞台俳優のように大袈裟に肩を竦《すく》めた。

「家から出て行くのと、ちゃんと帰る時間が決まってるのが重要なの」

「昨日から訳分かんない」

「だろうね」

姉はまだ静まったリビングの方向を顎で指す。

「適当に出掛けるんじゃなくて、ああ四時半ごろまであんたはいないんだって、あの人たちに思わせなきゃいけない。それが目的。分かる？」

「全く。二人のために、わざわざ気を利かすのだるいんだけど」

「聞いてない。これ以上抵抗するんなら学校に電話して先生に迎えに来てもらうよ。アタシが門まで付いて行ってもいい。あ、これ名案だわ。そうしよ。はいアタシが付き添ってあげるからとっとと準備して」

「なんでそこまで」

理解できない。他人の考えを理解しようとしたことがここ二年半で一度もないからだろうか。それとも、わたしがわたしでなくても、姉の真意は分からなかっただろうか。

クローゼットから制服を取りだす。姉がふうんと淡白な視線を寄越す。

「なんだ。行く気になったか」

「付いてこなくていいよ」

公園か図書館は諦めた。なにも、学校に特別嫌な思い出があるわけではないのだ。全力を要求されない場所ならどこでもいい。もちろん、学校でも。

最初に思った通り、学校に行くふりをするという手もあったが、姉にはバレるのではないかという気がした。本当に学校に行くなら付いてこず、行かないなら付いてくる。直感だが、きっと当たっている。久しぶりに会って、なんだか妙に聡《さと》くなったと感じていた。予定外だが仕方ない。妙なテンションの姉とこれ以上問答するよりマシだ。

「ちなみにさっき、学校には連絡したから。泣いて喜んでたよー。愛《いと》しいマイチャイルド、ああなたに会えるの、って」

「……余計なことを。労力の無駄遣い」

直前に行くのをやめるということをさせない作戦か。だが、その気になればいくらでも引き返すつもりだ。歩くのに飽きたら道端のベンチに座り込んでもいい。

狭いローテーブルで姉と向かい合って、シリアルをがしがし嚙み砕く。「歯にくっつくんだけど」姉が眉をひそめて文句を言うが、シリアルとはそういうものだ。味は質素で変化がなく、美味しくはないが不味《まず》くもない。ただ最低限の生命維持のために食事をするわたしにとって、含まれているらしい七種の雑穀も、小さなスプーンでのシリアルの食べ辛さも、何もかもがどうでもよかった。

当然のことだが、教科書やノートはない。取り敢えず必要なものを、と考え、結局鞄の中に入れたのは筆箱とタオルだけだった。眠くなったときに机に敷くためのタオル。

始業の時間すら分からず、準備ができた段階で家を出た。久しぶりに外に出ることになる。車のサイドミラーに反射した日光が視界を突き刺し、目を瞑るとその残滓《ざんし》が瞼《まぶた》の裏に張りついた。辺りは冷え込んでいて、体に眠っていた十一月が徐々に蘇《よみがえ》ってくる。鳥肌が立ち、鼻水が出て、涙が滲んだ。体が寒さに適応しようとするのが意外だった。

久々の学校に思いを馳《は》せることも不安になることもなく、ただ慣性でわたしは進む。心は穏

郵便はがき

1 1 2-8 7 3 1

料金受取人払郵便

小石川局承認

1095

差出有効期間
2023年12月
31日まで

〈受取人〉
東京都文京区
音羽二―一二―二一

講談社
文芸第二出版部 行

書名をお書きください。

この本の感想、著者へのメッセージをご自由にご記入ください。

おすまいの都道府県　　　　性別　男　女

年齢　10代　20代　30代　40代　50代　60代　70代　80代〜

頂戴したご意見・ご感想を、小社ホームページ・新聞宣伝・書籍帯・販促物などに
使用させていただいてもよろしいでしょうか。　はい（承諾します）　いいえ（承諾しません）

TY 000044-2112

ご購読ありがとうございます。
今後の出版企画の参考にさせていただくため、
アンケートへのご協力のほど、よろしくお願いいたします。

■ Q1 この本をどこでお知りになりましたか。

①書店で本をみて
②新聞、雑誌、フリーペーパー〔誌名・紙名　　〕
③テレビ、ラジオ〔番組名　　〕
④ネット書店〔書店名　　〕
⑤Webサイト〔サイト名　　〕
⑥携帯サイト〔サイト名　　〕
⑦メールマガジン　⑧人にすすめられて　⑨講談社のサイト
⑩その他〔　　〕

■ Q2 購入された動機を教えてください。〔複数可〕

①著者が好き　②気になるタイトル　③装丁が好き
④気になるテーマ　⑤読んで面白そうだった　⑥話題になっていた
⑦好きなジャンルだから
⑧その他〔　　〕

■ Q3 好きな作家を教えてください。〔複数可〕

〔　　〕

■ Q4 今後どんなテーマの小説を読んでみたいですか。

〔　　〕

住所

氏名　　電話番号

ご記入いただいた個人情報は、この企画の目的以外には使用いたしません。

やかで、微かな起伏もなく、落ち着き払っていた。遠くに同じ制服の女子生徒を見つけ、時間が間違っていなかったことを知る。

校門をくぐる。白く、いくつもの四角い窓枠に切り取られた端正な校舎が、記憶にあるより小さく見えた。わたしが中学に通っていた時間は少ない。あの頃のわたしは、きちんと緊張できていたということだろうか。

自分が三年三組だということは分かっていたが、出席番号までは知らなかった。上履きも学校にあるはずだが、まさかそのまま一年生の下駄《げた》箱に突っ込まれてはいないだろう。どこにあるか分からない。取り敢えず、空いていそうな場所に靴を入れ、来客用のスリッパを履いた。その形が足に馴染まない。外側の指を歪《いびつ》に折るしかなく、居心地が悪くてむずむずした。

三年生の教室は二階にある。階段を上ると、すぐに心拍数が上がった。拍動が耳障りなほどうるさく、他の臓器を圧迫して痛い。緊張では全くなく、ただただ体力がなかった。そもそもここまで歩いてきただけで、わたしの体は限界なのだ。

前の扉から教室に入る。困った。席がどこか分からない。

あちこちから、「誰あれ」「愛美ちゃんじゃない?」「何で急に」という囁きが聞こえ、無遠慮に指を差される。注目を集めているらしかった。わたしは気にせず空いている席を探すが、朝の時間帯ではまだ来ていない人や席に着いていない人も多く、空席がいくつもあるため判断できない。ボサっと突っ立っているところに、急に誰かに横から抱きつかれた。

「愛美！　よく来れたね！　嬉しい！」

面喰《めんくら》い、返事ができない。ただされるままになっているうちに、その腕の締め付けが強くなっていく。遭難者が家族と再会した時さながらの感動の演出に全くついていけなかった。というかまず、これは誰だろう。かつては友達が何人かいたが、いきなり抱きつかれるほどの間柄の誰かが、今のわたしにいるはずがない。同級生からの連絡を、いったい何通無視しただろう。

「痛い。ちょっとごめん、一旦離れて」

彼女は名残惜しそうに体を放す。プラスチック製の名札がこちらに向いて揺れている。その名字を見て、初めて目の前の女子と、記憶の中の部活仲間と、ひっきりなしに鳴っていたラインの着信音が結びついた。

「ああ、ええと……若菜。だっけ」

「愛美、ちょっと外出よう」

肩を抱かれ、わたしは廊下に出た。疑問が次々に湧き上がり、止まることを知らない。

若菜の振る舞いは、わたしが学校に来ることを知っていて、事前に相談を受けていたように映るらしく、教室内では困惑の中に納得があった。棒立ちのままの面々に、まだ誰か分かる顔がちらほらあり、その一つに、くるみ、と小さく呟く。一時期仲が良かったが、若菜のように目立つ真似《まね》はしたくないのだろう。その背がぎゅっと縮まり、存在を、関わりを、少しでも薄めようとしている。若菜は廊下の隅までわたしを引っ張り、もう一度抱きしめてきた。

「おかえり。よかった、学校来れて」

今度のハグはふんわりしている。包み込み、温めるようである。けれどやはり、若菜と特別親しかった覚えはない。同じ部活だったけれど、若菜はショートカットでスポーティな子に夢中で、なかなか打ち解けられずにいた。クラスも違った。

けれど、不登校になりたての頃。最も多く、言い方を変えればしつこく、連絡してきたのは若菜だった。

「大丈夫？　無理してない？　辛かったら言うんだよ？　先生にはもう来たこと言った？」

矢継ぎ早に繰り出される質問には、答える間がない。わたしは遅れて頷くことも端から放棄していた。ここで若菜の機嫌を損ねても、明日からはまた家に籠る生活に戻るのだ。どれだけ嫌われようが知ったことではなく、努力して、無理に熱量を上げて接し、気に入られる必要はない。

「それとさ、私、ラインで何回か聞いたと思うんだけど、やっぱり直接伝えなきゃって思うから言うね」

若菜は真剣な目でこちらを見た。心にスッと差し込むような目。ただわたしには、誰かの眼差しに動かされる素敵な心なんて、残念ながらなくて。

「何で学校休むようになっちゃったのか、言ってくれないかな。もちろん強制しているわけじゃないんだけど。でも悩みがあるなら言ってほしいし、一緒に考えられる部分もあると思う」

若菜は決まりきった台詞に自分で満足したように、にこりと笑った。毒気のない無邪気な笑みの裏に、確かに好奇心と独占欲が疼《うず》いている。昔、自分が持っていた若菜に対する印象が蘇り、深く輪郭を顕わにしていった。この子は、そういう子だ。苦しんでいるだろう人に、自分が一番の理解者だと心から信じ、近づいていく人。借り物の言葉を、まるで自分のもののように使おうとする人。

「じゃあ、一つ頼めるかな？」

相談するような悩みはないが、聞きたいことならある。若菜は嬉しそうに頷いた。

「何でも言って。大丈夫」

「席教えて」

そんなこと？　と若菜は目を丸くし、ガッカリしたような表情を見せたが、すぐに笑顔に戻った。ついてきて、と腕を取られる。妙に密着した状態で歩くことになった。

指示された席の隣の男子に、若菜は不自然に頬を赤らめ、声を潜めて言った。

「優斗。愛美が来たからよろしくね」

もはや保護者だ。怒ったり、不愉快になったりするほど他人に何も望んでいないわたしは、素知らぬ顔で黙って着席することにした。

担任だという若い女の教師に一通り絡まれた後に、わたしは授業に復帰した。そこでもまた、やたら気を遣われ、丁重にもてなされることになった。

「おお、よく来たよく来た。教科書はあるか？」

ないと答えると、隣の人に見せてもらうよう言われる。そうするしかないのに、なぜ聞くのだろう。そもそも、教科書があるかという質問自体、愚問だ。あるはずがないし、先生も、あると思っていないに違いない。

優斗が机を近付け、教科書を真ん中に置く。二つ前の席の女子が、突然、額を机にぶつけ始め、羨ましい、と半ば呻《うめ》くように呟いた。前の席の女子が、ばっかじゃないの、と鼻で笑うのが背中越しに伝わってくる。

次の授業でも、教師の対応は同じだった。

「プリントある？」

「あ、ないです」

「取りにおいで」

渡されるついでに先生に握手を要求され、頑張るんだぞ、と鼓舞された。頑張るんだぞ。気持ちの悪い言葉だ。わたしは軽く頭を下げ、席に戻る。教科書を見せてもらい、プリントをもらっても、わたしは授業を聞くわけがなく、どうせまた学校に来なくなる。そんなこと先生も、優斗も分かっているだろう。それでもわたしは、徹底的に優しさを与えられ続ける。宗教のようだと思った。優しくある義務。

家にいる時と変わらず、時計を見る度に、映画の特に何も起こらない早送りのシーンのように、時間が経っている。カレンダーに次々と×印が付けられ、ページが早々とめくられていく。わたしの二年半は、まさにそれだった。きっとこれからの人生もずっと、そうなのだろう。ダイジェストで処理したら、本編には何も残らない。

その日最後の授業は社会だった。「今日の最後には戦争を起こしたい」というただの問題発言で授業が始まった。わたしはシャーペンとプリントを前に、窓の外を眺める。

今日は天気がイマイチだ。夕方には相当冷え込むだろう。空の水色は薄く、葉を落とした木々は寒々しい。不登校になりたての頃、母がわたしを北海道に旅行に行かせようとしていたことを思い出した。綺麗な景色を見れば、何らかの心境の変化が訪れると思ったのだろう。ずっと家にいるのが鬱陶しかったのかもしれない。北海道ならわたしの住む地域から日本で一番遠い。

圧巻で壮大な冬の北海道の雪景色に、わたしは何を思うのだろう。つまらないのだろうか。ただ寒いと体を震わすだけなのだろうか。その時、寒さを本当に感じることができるのだろうか。

「ロシア！　南下政策！　目的！」

せかせか動き回り、耳に突き立てるような迫力のある声で話す先生が、黒板を叩きながら怒鳴った。前回の授業の形跡が残る黒板に手のひらがくっきり写し出され、チョークの粉が舞っている。お構いなしに黒板に何か書き続け、活力のある先生だな、と感心していると、先生がピタリと動きを止め、気まずそうにこちらを見た。

「ああ……これはあんまりよくないな。すまん」

ダイナミックな動きで黒板消しに飛びつき、書いたばかりだった文字を慌てて消していく。『不凍港を手に入れるため』その文字があった場所に、『凍っていない港を手に入れるため』と書き直した。優斗がぷっと吹き出し、前の席の真希がまた「ばっかじゃないの」と文句を言う。わたしは数秒遅れて気付く。不凍港、ふとうこう、不登校。

……くっだらな。

緩慢なチャイムを聞き流しながら、わたしは欠伸《あくび》をした。

3

一緒に帰ろうと誘ってきた若菜を無視して、わたしはのんびり帰路に就く。昼間から酩酊《めいてい》状態のオッサンを避け、幼稚園帰りの園児に話しかけられ、わたしが引き籠っている二年半、日常は変わらなかったことを知った。閑散とした住宅街を抜け家に着くと、自分の部屋の窓が外側から見えた。カーテンは開いていないが、電気も点いていない。姉はもう出て行ったのだろう。

鞄から鍵を取りだし、鍵穴に挿す。その直前、母の割れるような声が漏れ聞こえた。

「だから！　あんたがもらってくれればいいじゃない」

「言ってるだろ、面倒臭いって。誰に不登校を食わせてやる余裕があるっていうんだ」

「不登校じゃなければ育てられるの⁉」

「嫌だね。第一子供は女が育てるものだろ！　おまえの腹から出てきたんだし」

「産ませたのは誰よ」

「おまえの親に引き取ってもらうわけにはいかないのか」

「何度も言わせないで。私はもう親と縁を切ってる」

「俺だって無理だ。そんな厄介事押し付けようものなら、いくら請求されるかわからん」

「そうよ、お金！　もし私が親権負わされたとして、養育費いくらもらえるのよ」

「はあ？　養育費なんて払いたくないって、おまえこの間言ってたよな」

「それはあなたが親権持つ場合よ。私はきっちり支払ってもらうわ」

「滅茶苦茶だろ。でも、おまえがあいつの面倒見るってことでいいんだな」

「嫌よ、ああおぞましい」

「そろそろ話を纏めよう。もう帰ってくるぞ」

「最低だ」

「でも目覚めただろ」

「心も冷めていった」

「不思議だな。ホット買ったはずなんだけど」

わざとらしく首を傾げ、おっかしいなあ、と零す。音を立ててコーンポタージュを飲み、うめえ、と舌鼓を打った。コーヒー頭から掛けるよ、と脅すと、怖え女、と笑った。

鳥の群れが空を旋回し、がさつな羽音がバサバサと降ってくる。群れの先頭が電線に止まると、後に続いていた何百もの鳥も一斉に続いた。狭い電線の上で身を寄せ合い、喧《やかま》しく鳴いている。統率のとれた集団。遅れていた数羽も強引にその列に割り込んでいく。集団に従う。正しい生き物のあり方。

「おまえさ、なんで今日学校来たの？」

飲み干した缶を、距離のあるゴミ箱に優斗は雑に放る。錆びたゴミ箱は微動だにせず、甲高い衝突音を響かせて缶を吸いこんでいった。見事なカップインで、優斗は「よっしゃ！」と拳を高らかに掲げた。サッカーボールを追いかけ回す少年さながらに、はしゃいだ表情で「俺天才じゃね？　神じゃね？」と踊りださんばかりに喜んでいる。そのテンションのまま、優斗はもう一度聞いてきた。

「で、なんでだよ」

「なんでって、……うーん、気分？」

「雑な動機だな。ってかそもそも、なんで不登校なったの？」

コーヒー缶に口をつけ、飲まずに離した。湯気が香っている。

「ぐいぐい来るね。相談に乗ってやろうって？」

誰か達みたいに。そう付け加えるか迷った。二年半前も、今日も。いくつもの顔が浮かぶはずなのに、もう誰の何も覚えていない。

優斗はあっさり首を振り、含みのない笑顔を見せる。

「なわけない。興味本位だよ。あと、モヤモヤの解消。今日一日好奇の目線に隣で耐え続けた俺を労《いたわ》って、暇潰ししてくれてもいいだろ」

ずいぶんと明け透けな物言いをするものだ。わたしは肩を竦める。

「ドライだね。躊躇いとかはないわけ」

「別にいいだろ」

「よくないでしょ。もしわたしが学校で嫌な思いをして不登校になりました、でもその理由を無神経に聞かれたくないです、ってパターンだったらどうするの。ただの迷惑じゃん」

優斗はつまらなそうに首を振った。

「ないだろ。おまえ、絶対精神力、半端じゃない」

「なんで？　言い切るのって危険じゃない？」

「王道の理由で学校来れなくなった人が、予告なしでいきなり登校して、教室の一番前で仁王立ちするかよ。しねーよ」

そうだろうか。つい考え込んでしまう。久しぶりに学校に行った人が教室に行かなくて、いったいどこに行くというのだろう。職員室？　保健室？　なぜ？　なんのために？　後ろの扉から入って自席を探せばよかったのか。

「今だって、普通に喋ってるし。ブランク、ないな」

「そうなんだ」

不登校になった理由について、急にやる気が出なくなったと答えるのはなんとなく憚られた。きっと理解できず、詳しい説明を求められるだろう。そんな面倒事は真っ平御免だ。たぶん途中で寝る。

なんと答えるべきだろう。長考するのにも飽きて、関係ないが、ぽんと思い出したことをわたしは口にした。

「……逃げるなって、言われたんだよね」

学校を休むようになって、励ましや気遣いのラインがいくつも届いた。たまに目を通すだけで返信しないでいると、それらはすぐに来なくなった。一人を除いて。

若菜は毎日、何ヵ月もメッセージを送り、電話を掛けてきた。それは、心を閉ざしてしまった親友を必死に救おうとする、陳腐なドラマの主人公さながらの健気《けなげ》さで、いじらしく思えることも、哀れに思えることもあった。

　百均に売っている名言カレンダーに羅列されていそうな陳腐な言葉が、スマホの画面の端っこにぽこぽこと浮かんでは消える。信頼できる誰かが遠いどこかには必ずいるとか、自分を安く見積もってはいけないとか。無感情に通知を消す。ある時、「逃げてもいいんだよ。でも、逃げちゃいけないんだよ」というメッセージが、心に引っ掛かった。響いたわけではない。ただ、違和感があった。

「アニメとかの影響なのかな。よく使うじゃん、その、逃げるとか逃げないって言葉」

　優斗は何を思い出したのか、口元だけで薄く笑った。

「まあな。親とかに言われると、ちょっと、うぇっ、ってなる。思春期にはきつい」

　優斗の言うきついという感覚が、自分の中にあるその感覚と同じか、自信が持てなかった。曖昧に頷いて、続ける。

「自分の行動が、逃げる、逃げない、その観点で語られたことが意外だった。どっちでもない気がして。自分には両方とも当て嵌《は》まらないと思った。何でそうなんだろうって考えて、その時は、ほとんど自発的に不登校になったわけじゃないからだって思った」

「どうしようもなく不登校になったってこと?」

　うーんと唸って、わたしはこめかみを手で押さえた。首から上が寒い。マフラーを巻いてくるべきだった。

「少し違う。きっと悩んで不登校になった人って、決断してるでしょう？　その決断の苦しみの一つに、逃げる、逃げないの問題があると思う。だけどわたしは、ただぼーっとしてたら、不登校になってた。決断していない。だから逃げるっていう言葉がピンとこない」

そう思ってたんだけどね。休憩のために顔を上げ、少し笑う。違うんだ、と優斗が言った。小さな声で、優しさがぎこちなく身に染みて、わたしは苦笑した。

「たぶん、選択肢に違いがないからなんだよ。学校に通い続けた未来、サボり続けた未来。成功と失敗。楽しさと苦しさ。そのどれを並べても、差異を見出《みいだ》せない。誰だってこれから生きていく限り、きっと無数の分岐点があるんだと思う。その一つ一つの選び方で、大きくも小さくもわたしの人生は変わっていくんだと思う。でも、千差万別のどれもに、わたしは魅力を感じないし、避けたいとも思わない」

わたしは滑らかに続ける。

「選択肢に優劣があったら、逃げたって言葉に納得できたんだろうな。優れた方を選べなくて自分を責めていたら、逃げたと思っていたのかもしれない」

言葉に詰まることなく長々と喋ることができて、わたしの二年半の引き籠りは、コミュニケーション能力を退化させなかったことを知った。維持できていたわけではなくて、他者に対する感覚が変わっておらず、停滞していた時間がわたしに何の影響も与えなかったのだろう。だから二年半前のような口調やテンポで話すし、小学校の頃そうだったように、ただクラスが同じであるというだけの優斗を違和感なく下の名前で呼んでいる。

自分の中では合点《がてん》がいったが、優斗には奇妙に思えたかもしれない。顔色を窺《うかが》うと、優斗の表情には濃い翳が落ちていた。意外に思う。普段の彼のことはほとんど知らないが、今日一日で察するに、もっと快活で、よく笑う男子だと思っていた。

「逃げられる方が、羨ましいよ」

凍える夜に一枚の毛布を求めるような、消え入りそうな声だった。泣き声に似ていた。

「選択肢が十分にある方が、羨ましい」

優斗は指先に細く息を吹きかける。ピアニストのような、繊細な色の白さをしていた。

「俺、推薦で高校決めたんだ。陸上の推薦」

「へえ。おめでと」

「うん。喜ばしいことなんだけどさ」

「なに。嬉しくないの?」

「嬉しいよ。すごく。本当に。嘘じゃないんだ」

わたしはコートの前の部分を摑んで、ぎゅっと内側に寄せる。

そんなことで、この場所の寒さは和らがない。

「何て言うんだろうな、これ。振り返ったら、今まで来た道が全部なくなってたっていうか。背水の陣っていうのかな。もう後戻りできないんだなって思った」

優斗もウィンドブレーカーをぎゅっと握りしめる。温めたばかりの手を冷気に晒す。

「たかが高校でしょ？　プロ養成所に入るわけじゃない」

「うん。分かってる。大袈裟だって。でも、ちょっと背伸びしたんだ、高校選び。部活のレベル高すぎて、体験に行かせてもらった時、カッコ悪いけど正直ビビった。それなのに、俺はそこで、陸上を中心にやっていくと決めた。走ることに飽きたら。怪我で続けられなくなったら。余裕がなさすぎて、考えるのが怖かった。だから、万一陸上で上手くいかなくても、保険の道を作ってないんだよ。頑張ってくしかないんだよ。これからずっと、追い込まれ続けてくんだって、それ思うと、ちょっとぞっとしてさ」

そ、と打った相槌が、優斗に聞こえたかは分からない。

「顧問とか、クラブチームの監督とか、チームメイトが励ましてくれるのは、嬉しいよ。力になる。お前ならできるって言ってくれるのも、自信になる。ありがたい。でも、期待って重荷だろ。ネガだからさ、悪い結果が過《よぎ》るんだよ」

実直な人柄を表していた目が、迷子になったように不安に揺れている。打ちひしがれたように俯《うつむ》き、朧《おぼろ》に紡がれた言葉がぼそぼそと濡れていた。疲れた風に笑う。

「ごめん。ナーバスになってるだけだ。気にしないで」

優斗はざっと髪を掻き上げ、こちらを見て無理矢理に口の端を吊りあげた。

「……なんでいきなり、こんな話しちまったんだろうな」

確かに言う通り、本心を吐露するには、わたしたちはあまりに互いのことを知らない。

「親しい人には逆に話せないってやつじゃない？」

「……それは確実にある、かも」

「あと、わたしが先に話したから、お返しに自分もオープンにしないとっていう、義務感が生まれたんだと思う。もしそうだったらごめん」

「あ、いや、いいんだけど。ってか違う。あれだ、イメージがないからだ」

「イメージ？」

「俺さ、彼女いるんだよね」

「はあ」

話がぶっ飛んだ。

「ごめんわたし学校行ってないから、今流行《はや》りの会話方法とか知らないよ」

「なんだそれ」

唐突に言い出して、いったい何のつもりだろう。彼女がいるとわたしに言っても、そう自慢にならないことは分かっているだろうに。

いきなりカミングアウトしたことについては不可解だったが、優斗に彼女がいることについては特に不思議とは思わなかった。よくよく見ると、整った顔立ちをしている。隣に座っていて胸がときめくというほどではないが、まあイケメンと呼ばれる部類なのだろう。性格だって、きっと悪くない。大して親しくない女子に缶コーヒーを奢《おご》り、ゴミはきちんとゴミ箱に入れたのだ。コーヒーはブラックで、缶は投げ入れたが。好意を抱く女子の一人や二人いてもおかしくはない。

「彼女がいたらなんなの？　あ分かった。上手くいってないんだ。で、二人きりの今の状況を彼女に見られても、そんなに仲良くないわたしなら、火の粉が降りかかってもまあいっかって？　意外に悪だね」

「ちげえよ。良好だよ」

「ならなんなの」

優斗は短い溜息を吐く。

「おまえさっき、俺が彼女いるって言っても、そんなびっくりしなかったろ。でも、他の同級生じゃそうはいかない。驚くよ。これ以上ないくらい。そんで非難される」

は？　と言いかけた。

「なんで」

「俺、モテるから」

名言が出た。

「俺たぶん、普通に悪い奴だよ。卑下じゃなくてさ、ポイ捨てとか平気でするし、調子乗るとやらかすし、備品壊して名乗り出なかったことあるし、時々学校にスマホ持ってってって部室でゲームしてるし」

「誰だってそんなものでしょ」

わたしの素朴な返事に、優斗はあっさり頷いた。

「そうだよ。平均的に悪い奴なんて腐るほどいて、きっとみんなこんなもんなんだよ。でも、俺のその平均的に悪い部分は許されなくて、誰かに見つかるわけにはいかない。なぜって、俺のことを好きな奴らは、俺のそういったところを知らずに好きになってるから」

優斗は自嘲じみた笑みを浮かべながら、鋭く何かを睨みつけた。

「自分の見たいところだけを見てるんだ、あいつら。顔とか運動してるところとかだけを見て好きになって、他の部分は自分の理想のタイプを重ねて、想像で埋めて、きっとこうだろうって信じて決めつける。きっと紳士的だろう、滅多に怒らないに違いないって。もし少しでもそれから逸れると、俺が悪いみたいに責め立てる。信じてたのにとか、そんな人とは思わなかったとか、裏切られたって。俺は彼女いないなんて一言も言ってないよ。なのに、いてほしくないって思われた瞬間に、俺は彼女がいるなんて言い出せない。わけ分かんねえだろ。クソかよ」

口汚く罵られ、吐き捨てられた『あいつら』が、暮れかけた夕暮れに激しく散らばる。

「推薦だってそう。クールに喜んで、頼んでもいないのに『応援してたよ』なんて言われて、次の瞬間からストイックに努力しているところを見せないとガッカリされる。ガチガチに固まったイメージ持ってる人に、さっきみたいに弱音なんて吐けないんだよ。勝手に残念がられるから」

イメージ。わたしは胸の中で小さく反復した。あの子もそうだったのだろう。不登校と接するというだけで、心が弱く、守ってあげなければと過保護になったあの子。先生も、クラスメイトも、一日中無駄に気を遣い続け、わたしを傷つけまいと必死だった。

「だからおまえは、わりと気楽に話せた。ありがとな」

優斗は照れ笑いを浮かべ、区切りを付けるように勢いよく立ちあがった。やっべえ、体冷えちまった。舌を出してそう言い、ぴょんぴょんと飛んだり、屈伸をしたりし始める。

「ううん。こちらこそありがと」

世の中には三種類の人間がいるらしい。頑張れる人。頑張っていない人。頑張れない人。頑張れない人のわたしが頑張れる人に向かって、何を言うことができるだろう。たった一つしかない。

息を吸って、吐く。いつもしていることだ。それなのに、今はたったそれだけが、ひどく重く感じられる。

「優斗」

「頑張れ」

口にした途端に、苦みと痛みがじんわりと広がった。おぞましい言葉だ。身震いする。

本来、頑張るか頑張らないかなんて、もっと個人的なものだろうとわたしは思う。どちらを選ぶかは自由で、全て本人の一存に委ねられるべきだ。だから、頑張れなんて命令形で、人にどちらかを強制することが、気持ち悪くて仕方ない。そんな権利を、いったい誰が持つというのだろう。

ウィンドブレーカーを脱ぎながら、優斗は笑う。

「ありがとう」

かさばる上着を脱いでいく。どんどん身軽になっていく。それにつれて真剣になっていく眼差しは、項垂《うなだ》れ、憎しみを顕わにしていた先程までとは似もつかない。これからもずっと、優斗はこの表情で頑張っていく。

「見てるだけで寒い。風邪ひきそう。元気でね」

そうわたしが言うと、優斗は真っ直ぐこちらに向き直り、ニヤリとした。

「おまえも。元気でな、明日まで」

意味が分からず、ポカンとした。

「明後日からは病気になれって？」

「違う。明日も学校来いよってこと。そしたらまた明日、同じことを言えばいい。明後日も、その次の日も」

じゃ、と片手を上げて、優斗は走り去っていった。瞬く間にその背中が遠くなる。

ああ。わたしは優斗のことをよく知らない。けどきっと本人の言う通り、平均的に悪い奴で、人並み以上にいい人なのだろう。そしてそれを知られずに、人気になってしまったのだろう。

元気でな、明日まで。明日も学校来いよってこと。

そう言われたから、明日も学校行こうかな。ちょっとだけ、頑張ってみようかな。

残念ながら、そう前向きにはならないのがわたしだった。時間が経てば今日の出来事を忘れ、また惰眠を貪る生活に戻る。平坦《へいたん》で温度のない日常に無感情を乗せていく。

それでも明日のわたしは、目が覚めたその瞬間だけでも、学校に行くか迷うだろう。

わたしはきっとひどい顔で、コーヒーを飲み干した。

一人になるわけにはいかない

四章

桜

裏の顔が怖いね。そう言われて、納得したことは一度もない。
自分の悪い部分は、見せられる分だけを見せている。いくつかある表の中の一つ。
裏の顔なんて、誰にも知られないよう、きちんと隠している。
ならば。けれど。いったい誰がこちら側だろう。

1

祖母の家に遊びに行った。小遣いをもらった。また来てねと言われ、忙しいかも、と微妙な顔をしてみせた。またすぐに行く予定なのに。そしてその時もまた、次いつ会えるかなあ、と寂しさを掻き立てるような表情をする予定だ。
近くに住んでいるのに娘は滅多に訪ねてこず、お金でしか孫を引きつけられないと思い込んでいる祖母の痛切さが、哀れでいじらしかった。正月にずいぶん温かくなった財布に想いを馳せながら、私は茉梨と腕を組んで通学路を歩く。

「茉梨は雑煮の餅、いくつ食べたでしょう?」

「え?　知らん」

「いいからいいから」

「三つ」

「ぶっぶー、一つでしたー」

「おー小食」

「餅ってカロリー高いもん」

「気にしたんだ。まあずっと体育しか運動してないもんね」

「ってか茉梨、中学卒業する前にもう一回、桜と遊園地行きたいって冬休みくらいしかもうチャンスないねってずっと言ってたのに、全然予定合わせてくれなかったじゃん。なんで?」

「なんでって言われても。合わないものは仕方なくない?　塾あるし」

「そんな言い方する?　茉梨は桜と一緒に遊園地行きたかったのにぃ」

「あーはいはい。ごめんごめん」

「ほんとにごめんって思ってる?　茉梨のこと好きだよね?　ずっと一緒にいてくれるよね?」

「もちろん。好き好き大好き。ずっと一緒」

「ほんとに？　嘘っぽい。ねえもっと心を込めて言って」

茉梨の問い詰める声が、寝不足の頭にガンガン殴りかかってくる。欠伸を嚙み殺した。

冬休み中、茉梨が毎日のように寝落ち通話をしようと電話を掛けてきたせいで、昼夜逆転生活を送る羽目になってしまった。親は「そんなの断ってしまえばいいでしょう」と呆れながら苦言を呈したが、断ったらどうなることか。そんな恐ろしいこと、私にはとてもできない。

一月六日、朝七時。冷気が鼻孔に突き刺さる。茉梨と組んでいた腕が段々と痺れてきた。茉梨はこちらの気も知らないで容赦なく体重を掛けてくる。重い。本当は餅を五個も十個も食べたのではないだろうか。

「ってか茉梨、なんでこんな早くに学校行こうって言ったの？　もしかして今日画鋲アート担当日？」

「違うよ？　でも冬休み中、桜にずっと会えてなかったから、なるべく早く会いたいなと思って」

「そっかー。ありがと」

隠れて吐いたはずの溜息が白く塗られ、内に隠したはずの疎ましいという気持ちがはっきりと映し出される。私はそれを搔き消すように歩みを早めた。あと二ヵ月で卒業する中学の校舎が、公園の茂みの向こうから覗いている。一定の間隔に並んだ窓に、じっと見られているような気がした。その奥には鋭い眼光がある。

上機嫌に繋いだ手を振り回す茉梨は、五歳児のように身勝手だ。一人でトイレに行けないところも、極度に寂しがり屋なところも、思い通りにならないとすぐ駄々を捏ねるところも。でも茉梨は私以外と接する時、すぐさま猫を被り、愛想良く自立した者として振る舞う。気心知れたバレー部の人相手でも、過剰にベタベタしない。相手によって態度を変えるのは人としてあるべき姿だと思うが、私にばかり負担を強いるのは本当にやめてほしい。迷惑だから。もしそういえば、茉梨は何と言うだろう。無意味な妄想だ。できっこないから。少なくとも、この学校を卒業するまでは。

早朝の教室は静かで、澄んだ空気が肺に心地よい。一番後ろの端の席で、一人の女の子がせっせと手を動かし、画鋲を机に押し付けていた。時々椅子の上に上履きのままで乗り、その出来栄えに首を傾げている。その席の持ち主である梓《あずさ》はまだ学校に来ていないが、そろそろ姿を見せるだろう。梓はいじめられているから、早めに学校に来て、無くなった物捜しツアーに出掛けなければならない。

和やかな雰囲気で始まった新年度。その水面下では、緊迫の友達作りが進んでいった。二人でも三人でも四人でもいい、とにかく一人にならないため画策し、裏切り裏切られ、目を血走らせて這いずり回る。いくつか諍《いさか》いがありながらも、四月末には大半の人が二人ペアを作ることに成功した。不思議なことに三人以上のグループは一つもなく、あぶれてしまった五人だけが、独りぼっちで肩身狭そうに過ごしていた。

ほどなくして、五人のうちの一人がいじめられるようになった。やがてその子は学校に来られなくなり、暇を持て余したイジメ犯たちは、次のターゲットをまた独りでいた人の中から選び、同じようにいじめた。その次も、そのまた次も同じだった。独りぼっちの最後の砦《とりで》である梓は、十月からずっといじめられている。それでも、一度も梓は学校を休んだことはない。難攻不落の城だ。

では、誰が五人ものクラスメイトをいじめ、四人も不登校に追い込んだのか。

それは、二人ペアを作ることに成功したこのクラスの女子、全員だ。私と茉梨も含まれる。

きっとこれは特殊なパターンのいじめだ。私たちは五人の苦しむ姿を見て、優越感に浸りたいわけでも、安心感を得たいわけでもないのだ。群れから外れるのが怖くて加担しているだけ、実は良心の呵責《かしゃく》に心を痛めている、なんて人はいやしないだろう。みんな自主的にやっている。理由は単純で、楽しいから。まるで職人のように、いじめというミッションをこなす。退屈な学校生活に必要不可欠な新しい種類の娯楽。時に淡々と、時に情熱を持って、私たちは嫌がらせを遂行する。筆跡がばれないように定規で書いた悪口の紙を、どれほど多くロッカーの中に放り込めるか。如何《いか》に器用に、彼女たちがよそった給食を避けるか。どんな高等な言い訳で掃除当番を押し付けられるか。そのテクニックを自慢し合うのは、体育の早着替えのコツを語り合っているのと何も変わらない。

今まさにいじめられている梓は、顔立ちが非常に整っていた。心労が祟《たた》ってか髪はボサボサだが、顔の一つひとつのパーツが理想的で、笑顔は驚くほど可愛い。このクラスでなければ間違いなく人気者になり、告白が絶えなかっただろう。そのくらいの可愛さで、持って生まれたものの違いを嫌でも感じさせられる。だが彼女がいじめられているのも、嫉妬や憂さ晴らしが原因ではないのだ。梓はそれほどの容貌のわりに、五人の中で最後にロックオンされた。過去四人よりひどく、度を越したいじめを受けているわけではない。ただ、独りでいたから。そして順番がきた。それだけなのだ。改めて確認し合ったわけではなくても、慣習からできるルールというものがある。

二学期には、毎朝の画鋲アートが習慣になった。一人ずつ交代で、朝早くあるいは前日に教室に残って、対象の机や椅子を画鋲で飾り付けする。適当に刺しただけで終わる人から、大きく『ブス』と書く人まで、その内容は実に多岐にわたり、個性が爆発する。

代表作として褒めそやされている作品の中に、茉梨作のバラの絵がある。ただ上手、という程度のクオリティではなく、画鋲の密度で陰影が精巧に描かれており、花びらの輪郭を覆う濃い赤のリボンが演出する毒々しさが鮮烈だった。裏返した画鋲がボンドで張り付けられており、それが茎の棘を表現しているのだと気付いた時はみな感嘆に吐息を漏らし、剝き出しの悪意には興奮さえした。それほど傑作で、圧巻の出来だった。茉梨は数多《あまた》の称賛に、「楽しくなっちゃって」とはにかんだ。ちなみに毎日のように画鋲が刺される机は穴だらけで、時々、チョークの粉を詰め込まれている。茶色の机に無数の白い穴は、独特な芸術作品のようで見ていて飽きないが、持ち主は悲惨だ。教科書、ノート、制服、全てが粉塗れになる。

画鋲は一日のうちに、こっそり次の人に渡される。押し付けられた人がまた誰かに押し付け、その人もまた誰かに押し付ける。ハンカチ落としに似ているなと常々思う。大好きだった、あの楽しい遊びに。

男子は積極的にはいじめに参加しない。傍観者の立場を守り続けている。が、ふと気になって聞いてみたことがあった。

「うちのクラスのあれってさ、ぶっちゃけ男子の心情はどうなの？」

読書中だったその男子は、ダサい丸縁眼鏡を指で持ち上げて即答した。

「おもしろいよ」

予想外の返事に、虚を突かれた。私は慎重に探りを入れる。

「でも梓って可愛いじゃん？　俺が守ってやるぜ！　みたいになる男子、誰もいないの？」

「まったく。むしろ、協力を仰がれたら吝《やぶさ》かでないって感じ。楽しそうだから」

傍観者ではなく観衆に近いなと思った。好き勝手に野次や声援を飛ばすことをゆるされたギャラリー。クラス中が壊れ、捻《ね》じれた感覚が既に隅々まで浸透している。きっと全員にとって快適な空間なのだろう。正確には梓以外の全員にとっては、か。

「さくらあー、こっち来てー」

茉梨に呼ばれて、私は向かう。冬休みに旅行に出かけたらしく、その土産をあげるねと登校中に何回も言っていた。鞄の中からいくつもの包装紙を取りだし、積み重ねていく。

「あ、あとこれ。ペアのキーホルダーなんだけど」

最後に茉梨が手渡したのは、二つを繋げて一つの絵柄が完成する、よくあるキーホルダーだった。茉梨が鞄に付けているものには"I Love"私のものには"you!"と赤い文字で書かれ、繋げるとハートの形になった。茉梨は嬉しそうに顔を綻ばせている。

「ありがとう。茉梨大好き」

梓が学校に来なくなれば、独りの人はいなくなる。

どれだけ茉梨が疎ましくても、離れるわけにはいかない。

給食当番の白衣は、当たりと外れがある。異性が使用した物を次に使うのが嫌だという人もいるが、同性でも不潔だと囁かれている人は避けたいし、柔軟剤の匂いがきついのも勘弁してほしい。今回はまあまあか、と私は袋から取り出しながらチェックする。

給食の肉じゃがはじゃがいもが粉々になってしまっていて、ほとんどじゃがいもスープに具が浮いている状態だ。私はまず、よそっている当番の女子にグリーンピースを除《よ》けたお椀《わん》を作ってもらい、自分用に確保する。配膳担当だと融通が利くからありがたい。もしフルーツポンチがあるなら、多めの皿を作ってもらえる。

自分の席にそれを置いてもう一度戻り、今度は底にグリーンピースを敷き詰めたものを作ってもらった。お椀の半分くらいまでグリーンピースで埋め、その上からどろどろに崩れたジャガイモをかけるのだ。礼を言って去ると、その女子はニヤリとした。「さすが桜。絶妙にくだんない」私は決め顔を作って親指を立ててみせる。誇りを胸に、私は椀を梓の席へと運ぶ。この高揚感が癖になるのだ。梓の席には、やたら量の多いお米と、ぐちゃぐちゃに盛りつけられた野菜と魚がある。さすがだ。みんな仕事が早い。

その日の放課後、私は担任の森下先生に呼び出されていた。茉梨を先に行かせ、私は一人教室に残る。受験が近い。数週間後には私立入試が迫っている。単語帳でも読んでいようかと迷っているうちに、ＨＲ《ホームルーム》後に一度職員室に戻っていた先生が教室に入ってきた。

私は気だるげな声を装って、黒板の桟に軽く背を預けながら聞く。

「何ですかー？」

森下先生はラフに話しかけられることを好む。実際そう言ったわけではないのだが、言外に伝わってくる。祖母がお小遣いをあげることでまた孫が来てくれると望みを掛けているのが察せられてしまうように。だから私は、森下先生には気軽に接し、祖母の家には頻繁に遊びに行く。それによって私は、リベロと交代せずフルで試合に出場できるようになり、財布はぽかぽか温かい。

「少し相談があるんだけど、いいかな？」

「はい」

「部活のことなんだけど。他の部はどこも、卒業に向けて送別会とか、激励会とかしているじゃない？　けれどバレー部は、送り出す後輩がいなくて、企画もされないでしょう？　だから、どうしたものかと思って」

キャプテンである真希ではなく私にこの相談を持ちかけるのが、まんまと先生が私の手中に落ちていることの証明のようで楽しい。私は頬を膨らませ、腕を組んでみた。芝居がかった動きを日常生活に盛り込むのも好きだ。

「うーん、どうだろなって感じですけど。まあでもあまり気にしなくていいんじゃないですか？　卒業するって実感ないし。それに、どうせ何人かは同じ高校行くので。受かったらですけど」

私以外のバレー部のメンバーは、二人の顧問の先生をこれでもかというくらいに嫌っている。真希は名前を出すだけで舌が呪われたと忌々しい顔付きをするし、百合は廊下ですれ違う度、悪寒がしたと報告してくる。お別れ会は回避するのが無難だろう。

「本当に？　ならそうするけど。本当にいいの？」

「はい。お気になさらず」

「ところで勉強は順調？　何か悩みはない？」

「勉強はぼちぼちって感じです。悩みも特に」

「そう。困ったことがあったらいつでもね」

はい、と最後だけは歯切れよく返事をして、私は教室を後にした。確かに、真希や若菜が言う通り、森下先生は優秀な先生ではないのだろう。きっとそれなりに熱心なのに、いじめに全く気付かないし、不登校になった誰も保健室にすら復帰できていない。何より、私を信じ過ぎている。印象操作が簡単過ぎて、いつも拍子抜けしてしまう。もう少しハードルが高いと、もっと手応えがあるのに。

廊下を歩いていくと、くるみが階段の踊り場で床拭きしているのを見つけた。床は水浸しで、雑巾は既に大量の水を吸っている。足音に気付いたのか、くるみが顔を上げた。

「あ、桜」

「くるみじゃん。何してんの？」

掃除の時間はとっくに終わっている。くるみは水浸しの床を指差した。

「ここ、水槽の水こぼれてて」

「うわ。大変だ」

もう忘れたが、何かおめでたい理由があって、学年で金魚を飼い始めたのだ。階段の踊り場につき、誰かがぶつかって倒れたりしないよう置き方は十分配慮されていたはずで、いったいどうしてそんな事故が起こったかと疑問に思う。

「大丈夫？　いつからやってんの」

「ついさっきだよ。誰か転んだら危ないなと思って」

「そ。偉いわー。ごめん、手伝いたいけど、茉梨待たせてるから行くわ。ごめんね」

「いいよいいよ。ありがと」

背を向けて歩き出す。いい子だなという感心と嘲るような気持ちが鬩《せめ》ぎ合っていた。私だったらボランティアで床拭きなんてしないし、自分がこぼしたとしても誰も見ていなかったのなら誤魔化して帰るだろう。あるいは先生が来そうなタイミングで甲斐甲斐しく手を動かし、何か聞かれたら、「私じゃないんですけど、なんかこぼれてて」とあたかも自主的に掃除しているように振る舞う。臆面もなく嘘を吐ける自信がある。そこまで考えて、ぷっと吹き出した。最低か。

昇降口に着く。ついでに梓の上履きに悪戯《いたずら》をしていこうと思っていたのだが、私が下駄箱を覗いた時には既にそこは空っぽで、がらんどうの空間が大きな口を開けて死んでいた。先を越されたらしい。どうせ誰かが未使用の下駄箱に入れたか、トイレにでも浸したのだろう。窓から投げ捨てたのかもしれない。

「茉梨お待たせ」

「あ、来た。おかえり！」

昼過ぎに降り始めた雨が、頻《しき》りに地面を打ち付けていた。気温が一層下がり、身が縮こまる。私は顔を顰めた。

「ああごめん。私傘忘れた」

「いいよー入ってー」

手荷物が増えるし、濡れると風邪を引くから、雨はできるだけ降らないでほしい。でも雨の日の景色は綺麗だと思う。水溜りに落ちた雨粒が高く跳ねたり、波紋が広がって徐々に薄くなったり。真上の空を見上げると、大量の水滴が何百倍も速さを増して迫ってくるように見える。星が出ていれば幻想的だろうなと思うけど、雨の日に星が出ることはまずないから諦めるしかない。一つ望めば、一つを諦めることになる。何だってそうだ。

「何話してたの？　先生と」

「この前の進路アンケート、一個記入漏れあって」

「そんなんで残されたの？　クソじゃん。だっるーい」

「それね。本当に意味不明」

四月のことを思い出す。部活の顧問の先生が代わって、混乱していた時期だ。私の他のメンバーは、顔合わせの前から新顧問を敵視していた。まるで、おまえらさえ来なければ藤吉先生は転出しなかったとでも言いたげに。私も正直、新顧問にはいい印象を持っていなかった。今だって、森下先生のことはどちらかと言えば嫌いだ。贅肉過多は生理的に受け付けない。あと帰りのＳＴが長い。

でも、みんなが反新顧問で結束していく中、私は二人に密かに迎合していった。びっくりするほど容易《たやす》かった。あの二人は、部員とのコミュニケーションに飢えていた。年頃の中学生七人に相手にされず、邪険に扱われていることを察していたのだろう。私は隠れて何度か中身のない相談に行き、瞬く間に二人に取り入ることに成功した。ああそうだ。相談という言葉にも弱かった。相談があるんですけど。そう言うと、適当にでっちあげたくだらない悩み事でも、真摯に耳を傾けてくれた。

「絶対、くるみをリベロにしていてはいけないと思うんですよ。もし誰かが試合中に怪我でもしたら、棄権しなきゃいけない。危なすぎると思いませんか？　真希は一年生の頃、足を痛めてるし、若菜も時々めちゃくちゃに突っ込んでいくし。最後の大会、もしそんな不本意な形で終わってしまったら、私たち一生後悔すると思うんです」

私は最後の大会で、後衛にリベロが付かないプレイヤーとして、フルで試合に出たかった。そのためにはくるみをリベロではなく、センターの交代枠にしてしまうのが一番手っ取り早かった。

「でもそうは言っても、他のみんなはくるみさんをリベロにしたままの方がいいと思っているんでしょう？」

「いや、実はそうでもないんです。本当は、交代が誰もいないと心細いよねっていう話によくなります。でも女子の集団だから、なかなかちゃんとは言い出しづらくて」

「そうね。女の子は難しいかもね」

「だから、先生から言ってもらえたらみんな助かると思うんです」

「え？　私？」

「大塚先生でもいいと思いますけど。先生が言うなら仕方ないって、本人もなるじゃないですか。それだったら、友達同士でポジション決め合うっていう嫌なことをしないで済むから、みんな表に出さなくても、大感謝すると思います。それに、うちの部は去年までずっと、大事な大会前はスタメン発表をちゃんとしてたんです。藤吉先生が」

藤吉先生。倒置で強調しつつ森下先生の顔色を窺うと、濃い眉がピクリと動いたのが分かった。ハマったな、と思った。

スタメン発表をしていたというのは嘘だ。七人しかいないのだから必要なかった。でも顧問らしいことをしたいと日々愚痴を言っていたから、飛び付くだろうと踏んだ。

そして現在。茉梨は一つの傘を幸せそうに差し出しながら、何度も言う。

「濡れてたら言ってね。絶対だよ。体冷やして風邪ひくとかやめてよ？」

「分かったって。あ、そういえば覚えてる？　小二の時さ、私が熱出して学校早退するってなって、保健室来て泣きじゃくったこと」

「覚えてる！　えー懐かしい！」

「あれ衝撃だったわ。こっちだるくて体全然動かんのに、枕もとで号泣されるんだもん。自分死ぬんかなって思った」

「だって寂しかったんだもん」

ずる賢いね。計算高いね。世渡り上手だね。

そんな人物評を受けるのは、悪くない気分だった。悪知恵を働かせて相手を出し抜き、思うままに人や状況を動かすのは楽しかったし、環境を巧妙に自分が過ごしやすい方へと作りかえるのは、単純に日常生活の充実へと繋がった。先程の森下先生のように、手応えがあった時の快感はやみつきになる。万能感も言わずもがな。

自己分析するならば、打算的の一言で片が付く。祖母を不安にさせ、お小遣いを弾ませる。嫌いだと思う気持ちを押し殺して顧問に近付く。傘を忘れても茉梨が入れてくれると知っているから、朝から無駄に荷物を増やす必要はない。姑息な手を使って盤面を動かし、利益を得る。上手くいく度、人生ってなんて楽しいんだと思う。

小学生の頃は、よく学級委員をしていた。事前にちょいちょい八方美人になっておけば、選挙で落ちることはまずなかった。学級会の司会をするのが好きだった。黒板に並べる選択肢の順番、何気ない発言がその結果を大きく左右する。私の任期の間で、クラスレクでドッジボールをしたことは一度もない。私はケイドロで警察側になったこともない。

バレー部のメンバーで真っ先に懐柔したのは、百合とくるみだった。真希や若菜には自分たちこそ幹部だという意識があっただろうが、何かあって多数決を採る時、百合とくるみを押さえておけば、あと茉梨も加わって、四対三で勝つことができる。この根回しを使うほど分裂するような機会はあまりなかったが、百合ともくるみとも、真希や若菜が知る以上に仲良くなることができた。くるみは藤吉先生の転出発表の新聞の写真を、グループに送るより先に、私個人に送ってきた。

面倒な茉梨と一緒にいるのだって、不安定なクラスの中での合理的な判断の結果だと思うと、出し抜いている感覚が心地よくて、自分が誇らしかった。巧みに動いている、ただの我慢ではない。そう思うと嬉しくて、大好きだとか、茉梨しかいないとか、茉梨が喜ぶような言葉をつい言ってしまうのだった。

2

受験前にも拘《かか》わらず、未だ三日放っておくと通知が百を超えるバレー部のグループラインをスクロールしていると、茉梨からライン電話が掛かってきた。

「もしもし」

『……桜?』

普段聞かない遠慮がちな声に、私は持っていただけのシャーペンを置き、スマホを耳に押し付けた。

「そうだけど。何?」

『今から会える？』

時計を見ると、九時を過ぎていた。こうして夜中にいきなり呼び出されるのは、頻繁にはないが驚くようなことでもない。死にたい、会えなきゃ死ぬと電話で脅され、急いで駆け付けたところドッキリでしたと札を出されたことさえあった。思い出すと怒りが蘇る。その時はこちらから殺してやろうかとかなり本気で思った。

「お風呂、入っちゃったけど」

『……ごめん』

音が聞こえないようにスマホを遠ざけて、大きく溜息を吐く。まあ誰にでも、一人でいられない夜がある。

「いいよ」

『ありがとう』

「どこ行けばいい？」

大方、茉梨の家の前だろうと思っていた。待ち合わせの時は絶対に、茉梨の家集合だから。私の家の方が目的地に近いときだってそうだ。徒歩三分、苦情を申し立てるほどの距離ではないけれど、モヤモヤはする。

『茉梨の家の前はちょっと……。でも桜の家は遠いし……』

珍しいこともあるものだ。でも私の家が遠いってなんだ。どでかい荷物でも背負ってくるのか。

「じゃあ太陽公園でどう？」

茉梨の家に近い公園を提案すると、茉梨は『待ってる』とぼそりと言った。私は適当な私服を手早く選んで着て、軽く親に声を掛けるとスマホをポケットに家から出た。小走りになる。救急車が到着するのが遅いと救命率が下がるように、急に呼び出した茉梨は、行くのが遅れれば遅れるほど機嫌が悪くなる。そして早く心肺蘇生《そせい》を行えばそれが緩やかなグラフになるように、急いだという態度を見せておいた方がいい。

夜が落ち、カラフルな遊具が息を潜めた公園に、茉梨はもう着いていた。校則で禁止されていて学校に着ていくことができない白のダッフルコートに身を包み、マフラーに顔を埋めている。手袋はしていない。最近茉梨が使っていた手袋は、私が去年のクリスマスにプレゼントしたものだった。

「寒くない？」

「……大丈夫」

会ったらすぐ勢いよく抱きつかれると思っていた。鈍い反応に面食らう。

「手袋は？」

「……今、洗濯中」

「そう。久しぶりだね、この公園」

「……そだね」

「ブランコって楽しいけど、手臭くなるよね」

「……うん」

会話が続かない。茉梨の口数が少ないからだ。茉梨と一緒にいて気まずさを感じるなんて、初めてのことかもしれない。

「あのさ、桜」

茉梨の顔が上がる。赤くなった鼻先。一方で、青白い顔。光の加減だろうか。曇天の今日は、街明かりが雲に反射して鬱陶しいほどに辺りは明るい。茉梨の苦しそうな表情が、ぼんやりした薄闇の中でいやに鮮明に映し出される。

「茉梨さ。……わたしね」

茉梨がぎゅっと目を瞑る。私の喉が鳴った。

「好きなんだけど。桜のこと」

その意味を、重みを、察したくなかった。その真意に気付かないほど、鈍くありたかった。いつも通り、私も好きだよーと軽く笑って、内心で面倒に思っていたかった。

胃が痛い。拳を握りしめた。爪が手のひらに刺さる。じわりと痛みが広がり、感覚を麻痺《まひ》させていく。茉梨のゆっくりと伏せられた長い睫毛《まつげ》が、目視できるくらいに震えていた。

「女同士だけど、そういう話じゃなくて、いや、そういう話なんだけど。だからその、付き合って、ほしい……」

言葉は尻すぼみになっていく。冗談や軽口で始末することは道徳的に許されないのだと、さすがに知ってしまっている。そのことがとても恨めしい。

こんな展開を予想できていたなら、電話は絶対に取っていなかった。ああなんで、ごめん無理だと言い切れない。

私は推しの優斗一筋だ。茉梨だって、断られる可能性は十分にあると思っているだろうに。らすごく大事にしてもらえるのだろうと思うけれど、精一杯努力する姿が眩しくて。きっと彼女になれたらみんなの推しだから。あの柚稀《いい》さえも、優斗の雄姿には歓声を上げる。茉梨を彼女に？　普通に選択肢としてあり得ない。

でもだからといって、ここで茉梨を切り捨てていいのか？　これでもし茉梨が私から離れたり、学校に来なくなったりすれば、明日からの学校生活は？　ただ一言謝って断ればそれで済む話のはずなのに、私は四方に考えを巡らせ、それぞれの起こりうる未来を警戒してしまう。どんな言葉を掛ければ、私の思い通りに茉梨や未来が動く？　今まで通り、平穏で波風立たない関係を維持して、あと少しの卒業まで持ち堪《こた》える方法は？

ふいに、力が入りっ放しだった腕を思い出し、私はそっと拳を開いた。筋肉の疲労が、茉梨が日々私に掛けている重みを思い出させる。事あるごとに凭れかかり、ぶらさがってくる茉梨の身体。夏でさえ繋がれる手、抱きつかれること。突如、その全ての印象が今がらりと変わり、大きな変貌を遂げた。その様相の嫌悪感がこみ上げ、思わず後ずさる。

気付いてしまって、吐きそうだった。私は友達としての関わりのつもりだったのに、茉梨は違ったということか。私と茉梨の互いに対する好きだという種類は、大きく異なっている。それをたった一人自覚しながら、私が茉梨の感情を知らないことを知りながら、騙し討ちみたいな真似をし続けていたのか。一体、いつから。どんな気持ちで。

同性に告白されて嫌悪感を抱くのは、きっと正しくないのだろうとは思う。私の今の反応をもし誰かが知れば、いったいどれほど激しく責められるだろうか。世の中には色々な人がいるよ、不用意な言葉で傷つけないようにね。無神経なことを言わないで。相手を否定してはいけない。

分かっている。分かっているけれど、そうじゃなくて。違うのだ。同性愛がどうとかは、本当にどうでもよくて。私がどうしても受け付けないのは、馬鹿みたいに分かりやすかったはずの茉梨の行動の意味が、実は全く違ったかもしれないということで。欺いていると自負していたはずが、実は欺かれていたかもしれないことで。自分が優位に立っていると思っていた関係が、実は劣位だったかもしれないということで。

ねえどうすればいい。こんな危機に自分が陥るなんて、思ってもみなかった。

「ちょっと、考えさせて」

なんとか絞り出したその言葉は、自分の口から出たとは思えないほど情けなく聞こえた。

冬の夜の公園に、いつまでも沈黙が横たわっていた。


「どうかしたの？」

休み時間中に社会の資料集を捲《めく》っていると、柚稀に声を掛けられた。心臓が跳ね、手が止まる。首の後ろに集まる寒気に震えていた。それは多分、茉梨とのことがあったからだけではない。ある時から私は、温厚で気の利く柚稀が恐ろしかった。もう背は向けられない。

「何が？」

「ううん、ちょっと様子変だなと思って。何もないならいいんだけど」

茉梨への返事を保留にし、早一週間。以前と変わりないよう過ごしているつもりだったが、柚稀には見抜かれていたらしい。それが、私の小さな心臓を鷲掴みにし、怯えさせてくる。握りつぶされないように、私は距離を取りつつ微笑《ほほえ》んだ。

「まあ今私立の受験の真《ま》っ只中《ただなか》だしね。みんなピリッとしてるから、なかなかのストレス」

「そだね。でもこれからどんどんみんなの合格の噂が聞こえてくるだろうと思うと、楽しみかも」

「……そっか」

本当に？

今日は教室全体がブルーな雰囲気だ。受験で人数が少ない上、梓もその受験組に含まれているため、活力が湧かないのだろう。私もいじめのためのアドレナリンを出していないと、すっかり気分が落ちてしまう。

柚稀が時計を見て、次の授業開始時刻が迫っていることを確認すると、私の肩に手を掛けながらグッと顔を寄せてきた。動揺が隠せず、私は目を開き硬直した。全身に力が入る。

「そういえばさ」

「……何」

「最近、茉梨と微妙でしょ？　喧嘩でもしたの？」

その声はゾッとするほど平坦で、服越しに伝わる手の感触が得体の知れないものに思えた。冷たい手が背筋をゆっくりと撫でたような気がして、私はごくりと喉を鳴らす。柚稀は私の返事を聞かず立ち去っていった。後ろ姿は平生通りで、それにさえ畏怖を覚える。

十月のある日、画鋲アートの順番が回ってきた私は、茉梨を昇降口で待たせ、下駄箱に入れられていた画鋲ケースを手に教室へと戻っていた。画鋲がパンパンに詰まったケースを耳元で振ると、じゃらじゃらと心地よい音がして、昂揚感が打ち出された。疾《やま》しいことは何もないと背筋を張り、擦れ違った先生に何食わぬ顔で挨拶する。取り繕いながら歩くのは緊張感があり、茉梨を待たせていることもあって、早足で教室へと向かった。

シャキ、シャキ、と、ハサミが豪快に何かを切る音が、粛然とした廊下に響いていた。そっと教室の中を窺うと、柚稀がただ一人、白い紙をひたすらに切り刻んでいた。じっと目を凝らして、それは梓の、翌日が提出期限の国数英の大量の課題プリントだと知る。「あんた意外に悪だね、その量切るとか。いーよ、私も手伝おっか？」夕刻の西日が遮られる教室で、共犯者になって盛り上がろうと、いつもなら憚りなく声を掛けていたのに、その時ばかりは何も言葉が出てこなかった。気付けば逃げ出していた。今でもあの日のことを夢に見る。

梓の机の前に立った柚稀の右手は、機械のように淡々と動き続けていた。一定のリズムのザクリという音が広い教室に充満し、異様な雰囲気を醸し出す。心臓にナイフを刺された音を身近で聞いたら、きっとこんな音をしているんだろうと思った。右手の他は対照的に、髪の毛一本さえ微動だにしていなかった。壊れた機械の、ある部品だけが止まらないかのようで、ちぐはぐさに恐怖を感じた。

視線は手元ではなく真っ直ぐ前に向けられ、目は黒々としており、どこにも焦点が合っておらず、虚空がぎゅっと凝縮して埋まっているかのようだった。真顔でも笑顔でもない全ての感情が抜け落ちた表情を、私は一体何と呼べばいいのか分からない。ただ、柚稀の前に広がったぐちゃぐちゃの紙の山が頭の中で猫や犬などに置き換わり、血みどろのハサミがその皮膚を切り裂いていく。臓器が呻き声をあげる。そんな想像がリアルにできてしまい、身震いした。残虐に動物を痛めつけ、殺してしまう人間も、あんな風に無表情でハサミを動かすのだろうと思うと、柚稀がそういった人間にしか思えず、信頼の厚い、気配りのできる性格とのギャップに苦しんだ。

課題のプリントを切り刻むくらい、うちのクラスでは珍しいことではない。だがその只ならぬ雰囲気に加え、時期が時期だった。十月といえば、四人目が学校に来なくなり始めた頃だ。誰かが不登校になるとみな手持無沙汰にはなるが、先陣を切るほどの勇気はないため、次に本格的に誰かをいじめるようになるまで少し間が空く。私も画鋲アートをどうしようかと悩んでいたのだ。結果的に、梓の机に積み上げられた滅茶苦茶な紙の山が狼煙《のろし》となり、梓への集中砲火が始まった。それが柚稀による犯行だと私以外知る者はいないだろう。五人をいじめる順番を決めていたのも、全ての始まりを作ったのも、柚稀だったのだろうか。それを聞く度胸は私にはない。

3

茉梨からまた電話があった。告白の返事の催促かと一瞬ドキリとしたが、何でもないふうに電話に出た。

「もしもし」

『桜、〝いちごみるく〟って分かる?』

いきなりの電話には相応《ふさわ》しくない、唐突な話題だ。寝惚《ねぼ》けているのかとうっすら思う。

いちごみるく、通称、いちみる。今をときめく人気急上昇中のアイドルグループで、全国各地にファンが多く、どのチャンネルをつけても絶対に出演しているとネットで持て囃《はや》されている。が、私はあまり好きではない。推し一筋、優斗が好きだ。女性アイドルなんて興味がない。

『今、クラスっていうか学年中で噂になってるんだけど』

「ん」

『それの三期生オーディションの合格者に梓がいるって！』

告白の返事の催促云々を忘れるくらいには、驚いた。

「あの子そっち系志望だったの？」

梓のイメージがガラリと変わる。胸ポケットに鏡ではなく生徒手帳を入れ、スカートは永遠膝下、髪はボサボサで女子っぽさや垢抜《あかぬ》けからは程遠いと思われていた梓が芸能界。引いた、というのが正直な感想だった。

『そんなの知らないよ。でもさっきYouTube確認したら、間違いなく梓だった！』

「そっか。それで？」

『え？　それで？　って、桜冷たっ。いちみるだよ、もっと喜ばなきゃ。すごいことだよ。うちのクラスからアイドルだよ』

「ばんざーい。やったあー」

『ちょっとー、全然心がこもってないよ。あのね、いちみるってすごいんだよ。まず、ファーストシングルでセンターだったのが、ちかぽんっていうんだけど』

茉梨はいちごみるくの魅力を、熱く語り始める。私は途中、電話を繋いだまま茉梨に断りを入れずトイレに行き、取り忘れていたテレビ番組を録画した。茉梨は十分ほど経って、一通り話し終わって満足したらしく、ようやく電話の相手の存在を気に掛けた。

『……桜、あのさ』

ヤバいと本能が告げる。全身に力が入った。

『もう一回言うけど、茉梨、桜のこと好きだよ』

何も答えられない。

『茉梨たち、ずっと一緒にいるよね？』

細く震える声を聞き流す。景色が遠のいていく。

ＬＧＢＴに理解を示そうと勉強していた高校教師の親に自分の性的指向をカミングアウトしたら絶縁された。そんな展開の小説があった。彼を取り巻く人はなんて酷い親なんだと憤り、寄り添って生きていくことになった。だが私には、その親の気持ちがよく分かった。道徳的な正しさは、所詮他人事の時だけまかり通るのだ。自分が人を出し抜くのは快感だが、やられる側になると途端に気分が悪くなる。茉梨のことなのに、分からないことが多すぎた。分からないことは、怖い。

梓の机には画鋲が刺さり、ロッカーには雑草が投げ込まれている。それが最も平穏でありきたりな朝の様子だったが、今日は一味違った。机椅子が色とりどりのリボンとバルーンで飾られ、ロッカーには花束が入っていた。席に着いている梓の周りに人だかりができている。

「頑張ってね。応援してる」

「連絡先教えて。いつでも悩み聞くから、遠慮なく電話して」

「合格発表の時、あややんに会えたでしょ。えー羨ましい！」

絶好のチャンスであるお祭りムードで、どれほど斬新ないじめが仕掛けられるだろうと胸を躍らせていたが、何も起こらず穏やかな朝は過ぎていく。クラスメイトは我先にと連絡先を聞き、サインを要求していた。梓も終始和やかに対応し、他クラスの生徒までその輪に加わり始める。どうせなら私ももらっておこうと列に並んだ。連絡先はいいやとノートの裏にサインをもらう。何が書いてあるか分からない。

「芸名でも作ったの？」

「まさか。本名だよ。アルファベット使ってる」

ここがAでZがこれでと説明されるがやはり読めない。人の群れから外れ、取り敢えず窓辺に寄り掛かった。じっと眺めていると、ただ線を書き殴っただけのように思えてくる。一年くらい後にメルカリで売れば高く値がつくだろうか。

柚稀が来て、横に立った。同じように壁に背を預ける。心の距離を取りながら、私は聞いてみた。

「サインもらった?」

「うん。だいぶ朝早くにね」

「何書いてあるか分かった?」

「さっぱり」

「連絡先渡した?」

「ううん。だって私、自分の携帯の番号なんて覚えてないし」

「そんなことある? 結構書かないといけないこと多くて、自然に覚えることない?」

「そう? まあ人にもよるよね」

纏うオーラは優しい。いじめ抜いた部下が出世する上司の気分なのだろうか。呑気《のんき》に考えていたら、仰々しい溜息とつまらなそうな声が耳に飛び込んできた。咄嗟に柚稀を見遣《みや》る。

「梓、上京するんだってさ。もう明後日あたりで」

声音とは裏腹に、浮かべられた完璧な微笑みが怖かった。髪を耳に掛ける仕草が艶《なま》めかしい。底冷えするような眼差しの中で、探るような光が私を強く照らし、動きを止めた。蛇に睨まれた蛙《かえる》の気分だった。ヒリヒリと舌が焼き切れるように痛い。

「桜、茉梨となんかあった？」

ああ、これが柚稀の裏の顔か。あの日の断片を見ていなければ気付けなかった、隠された顔か。

もし私があの日あの場面に遭遇していなかったら、この柚稀の優しい声掛けを今とはまるで違う風に解釈していたのだろう。きっと純粋な善意と見做《みな》し、心配してくれているのだと感謝していただろう。あまつさえ相談していたかもしれない。

「なんでそんなこと聞くのさ。ずっと仲良しだよ。だって幼馴染だもん」

平静を装ったつもりが、蚊の鳴くような声が出た。口角が上がらない。

部活に入りたての頃、経験者だった真希との間に広がった深い溝を埋めようと奔走してくれたのが柚稀だった。真希の態度を軟化させ、引っ込み思案な百合とくるみに理解を示す。自己主張の激しい真希と若菜と共に部を引っ張り、損な役回りをしているように見えることも少なくなかった。柚稀だけは永遠に信じている、一生感謝していると真希は言う。そんな柚稀が柚稀の全てだと一ミリも疑わずに信じていたため、あの日、私は身勝手にもショックを受けた。これほどねじが狂ったクラスの中で、なぜか柚稀はいじめに加担していないと思っていたから。

柚稀は今、見定めている。私と茉梨の関係性の行く末を。独りぼっちになるのかを。

梓の転校が発表され、彼女のもとには連日、贈り物の束が届けられた。文房具からメイク用品、レッスン着用のパンチの効いたTシャツなど、どれも形の残る品ばかりだった。私も三百円程度のシャーペンをお任せで包んでもらったものを渡した。笑顔で礼を言われた。やたらリアルな動くゴキブリのおもちゃを入れるのを忘れていたことに気付いたのは、ちょうどその時だった。

その日の私はゴミ当番だった。やけに多いゴミ袋の口を懸命に縛っている間、梓は隣に立ち、じっと私の手元を見つめていた。どうかしたのと聞くと何でもないと応え、じゃあねと手を振られた。完全に背が向けられる前、私は確かに、その唇が愉悦にグニャリと歪んだのを見た。それについて特に深く何も考えることなく、私は歩き出す。

「あ、桜」

弾んだ若菜の声に立ち止まる。ゴミ袋は重く、ビニールが手に食いこんでいた。

「梓って今どこにいるか分かる？　餞別《せんべつ》を渡したいんだけど」

右手の痛みが増す。ゴミ袋が自らの存在を主張する。

「頑張れば、まだ教室にいると思う」

「おっけーありがとー。ちなみに桜、駅の見送り行く？」

「迷い中。若菜は行くの？」

「もちろん。真希と一緒に。百合も行くって言ってた。くるみと柚稀は用事あるって。残念がってた」

「そ。ごめん、ゴミ回収の時間過ぎちゃう」

若菜は駆け足で一組の教室へと向かう。急いでも意味はない。今日も梓は大勢の人につかまって、どうせ帰れていないだろう。

私はその日の夜、YouTubeである動画を見た後、茉梨に電話を掛けた。四回目のコール音で、恐る恐るといった応答の声が機械越しに運ばれてくる。私は慎重に切り出した。

「あのさ、あの件なんだけど」

大丈夫だ。打算して、最善だと割り切ったのだから。背徳感に酔え、私。

緊張で吐き気がこみ上げた。慌ててトイレに駆け込み、便座に顔を近づける。何も出てこない。

『大丈夫？』

茉梨の心配そうな声に、私は慌てて返事をした。

「何ともない。ちょっと親帰ってきたから、焦って部屋のドア閉めてた」

『そっか』

「それでさ」

鋭く尖った刃を自分に突き立てる、それでも足りず、刃をぐるりと回して肉を抉《えぐ》るような気持ちで、私は言った。

「……私も好きだよ。茉梨のこと」

『ほんとに?』

「ほんとに。茉梨と同じ意味で好き。大好き」

言葉にならない歓喜が滲み出る茉梨に、私は茉梨に吐き続けられた呪詛《じゅそ》のお返しをする。情けなく声が上擦った。

「お願い。私と一緒にいて」

茉梨の声は底抜けに明るく、私の神経を逆なでする。

『もちろん。大好き!』

一言二言話して電話を切り、私は便座を抱え込んだ。気持ち悪い。

三月まで凌《しの》げばいいだけだ。茉梨と同じ高校に行かなければいい。

一人になるわけにはいかない。梓がいなくなり、祭りの余韻が去った後、女子たちははたと気づくだろう。次にいじめる独りぼっちがおらず、急激に襲われる虚無感に。そのタイミングで独りになろうものなら恰好の餌だ。骨の髄までしゃぶり取られる。あと少しで卒業だからなんて都合のいい希望的観測は通用しない。むしろ有終の美と言わんばかりに、イジメに全力を傾注するだろう。

気持ち悪い。理解できない茉梨が。ではなくて。今まで騙されていたことが、でもなくて。

呼吸する度に、喉がヒュウと鳴った。自傷のように息をしている。硬く握った拳で、自分のみぞおちを殴った。それでも吐けない。吐きたかった。吐くほど気持ち悪いと、自分で自分を嫌悪していたかった。拒絶していたかった。幼馴染にあれほど苦しそうな顔でされた告白に、不誠実に応えてしまった自分を否定したかった。

打算的な自分を愛していた。計算高いねと言われるのが好きで、悪知恵を働かせて誰かを出し抜き、何かを掌握する度、満足感を覚えた。

でも、これはだめだ。よくない。さすがにない。無理だ。ありえない。一線を越えている。

痙攣《けいれん》した指先でYouTubeを開き、動画を再生した。

〝いちごみるく　新メンバー紹介動画　小町《こまち》梓〟

概要欄には、この動画の再生回数やコメント数が三期生楽曲のポジションを左右すると書かれている。オーディション時の暫定順位では、梓は十人中六位だったらしい。

『みなさんこんにちは。この度、三期生として加入させていただく運びになりました。十五歳、小町梓です』

淀みないハキハキした梓の声が、マイクを通して別人のように聞こえてくる。どんな酷い仕打ちをしても、止めてと一言も言わない梓との差異に、私は初めて見た時、非常に困惑した。違和感が半端ないなとも思った。動画の中の梓はメイクが施され、可愛さをより際立たせている。梓は自分でメイクができたのだろうか。それとも専門の人に頼んだのだろうか。

『私がこの度オーディションを受けたのは、変わりたいと思ったからです』

梓は真っ直ぐに私を見つめ、滔々と話し出した。

『幼い頃から、私は集団生活に馴染めない人間でした。暗くて地味で、同級生にはいつも劣等感を抱き、俯いて過ごすことで自衛してきました。数年前から酷いいじめを受けるようになり、上履きを隠されることや文房具に落書きされることは日常茶飯事となり、冷たい水を掛けられたり、体操服を切り刻まれたり、首を絞められたりしました。金品を持ってくるよう脅されたことだっていくらでもあります。誰にも相談できず、精神的に不安定になり、自分を傷つける言葉ばかり自分に言い聞かせてしまいました』

初めてこの動画を見た時、この辺りで、うん？　と首を傾げた。編集ミスや、フェイク動画かと思った。やがてそのことに気付き、くすりと笑った。

なーんか誇張されてんぞ、と。

記憶の中で、黙りこみ、唇を噛んでいた梓が急に頼もしく、愛おしく思えた。

『今回、そんな意気地のない、弱い自分を変えたくて、オーディションに応募しました。まだ何もできない私ですが、私のような境遇に悩んでいる全ての人に手を差し伸べ、希望を与えられるようになりたいです。応援よろしくお願いします』

他の新メンバー九人に比べて、梓の紹介動画だけが再生回数が跳ねている。コメントも多い。

『こういう子は死ぬ気で応援したい』

『泣いちゃうよ。どうせ嫉妬でしょう。もっと人に頼っていいんだよ。梓ちゃんは悪くない！』

『いじめてた側の今の心境知りたい。唇嚙み締めてんのかな。ざまあみろ』

『わたしも根も葉もない噂を流され、辛い思いをしています。学校が嫌いです。でも梓ちゃんが気丈に笑っているのを見て、今日も頑張ろうと思えました。ありがとう』

五分で語れる美談。五百件以上のコメントを寄せつける餌。腹がプルプルと震える。笑いがこみ上げる。

不特定多数が見る動画で、人に頼れない人間が、自分から人に頼ることができませんなんて言うわけがない。

つい先ほどアップされたばかりの、〝いちごみるく　三期生楽曲　ポジション発表〟の動画をタップした。終盤まで飛ばすと、センターに梓の名前が呼ばれている。梓は涙を流して喜んでいた。じっと眺めていると、その像がぼやけ、愉悦に歪んだ唇が重なる。重いゴミ袋が、ずしりと背に乗っかってきた。私があげたシャープペンシル。たくさんの、形に残る贈り物。

スマホの画面を、愛しさと親近感を込めて指で撫でる。意志を湛《たた》える瞳に一瞬、モザイクが掛けられ、笑顔の口元だけが浮かぶ。

ねえあんたも、こっち側でしょ？

便座の冷ややかな感触が、いつまでも手の中に残っていた。

五章 くるみ

どうしようもなく辛かったよ

決まりきった動きをする、秒針のように生きてきた。
正しいルートを、正しい速さで、何一つ間違うことなく歩いてきた。つもりだった。
今日もまた、鼓動に似た音が足跡を打つ。
それを振り切って、わたしは世界と手を取り合う。

1

大事な行事の前日はよく眠れない。楽しみだから、ではなくて。寝坊して遅刻することを想像すると、どうしても布団の中で目が冴えてしまう。寝ようと思えば思うほど、寝室のカーテンの隙間から洩れてくる些細な光が気になってしまう。
五時四十五分。目覚まし時計が、けたたましく叫び始める。わたしは眼鏡を掛け、カーディガンをはおり、着替えを済ませてからアラームを止めた。うるさいからすぐに止めてほしいと母から度々苦情を言われるが、二度寝が怖くて受け付けられずにいる。「どうせあんたは二度寝なんかしないでしょ」と母は呆れ顔で言うが、わたしはわたし自身をそこまで信用できない。

早朝のリビングは静謐《せいひつ》で、冷蔵庫の駆動音もその中に溶け込んでいた。欠伸が出る。生理的に浮かんだ涙を拭うと、押し殺した足音が階段を下りてきた。

「早いね。今日卒業式でしょう？　もっとゆっくりしていけばいいのに」

「いいの。式の前に、ちょっと行きたいところがあるから」

「百合ちゃんの家？」

「いや。参考書は昨日のうちに返してきた」

「そう」

「お母さん、スマホ持ってくるの忘れないでね。写真撮れなくなっちゃうから」

「分かったって。でもみんな自分で持っていくでしょう？　くるみもそうすればいいのに」

「駄目だよ。本当は禁止されているんだから」

化膿《かのう》した傷口が痛むように、じわりと苦みが広がった。「やっぱりわたし、自分でスマホ持ってく」そう言おうと開いた唇は乾いていて、空気は喉の手前で立ち止まってしまった。ひくつく喉を悟られないよう、わたしはご飯を掻き込んだ。

朝食を終え、きちんと手を合わせて挨拶すると、食器を流しに持っていく。念入りに歯を磨き、丁寧に洗顔する。髪をブラシでとかすと、枝毛を見つけた。ダメージを与えることで裂けてしまうと何かで読んだが、どんなダメージを与えたのか心当たりがない。知らないうちに、わたしはわたしを傷つけている。正しいことをしているはずでも。過去の自分が、今のわたしの首を絞めている。

ゴムの位置は耳より下。律義に守ってきた校則に、わたしは今日だけは背く。高めに髪を結った状態で鏡を見ると、映る自分は予想外にも怯えた顔をしていた。馴染みのある表情に素知らぬふりをして、わたしはスプレーを吹きかける。逃げ場がどんどん減り、後戻りできなくなってくる。アイラインを引き、口紅を塗った。少女の血色がよくなるが、顔は強張っていく。

スカートを折って穿《は》くと、やはりきつい。強い抵抗を無視して、わたしは荷物の準備を済ませる。邪魔になるから、なるべく鞄を持っていかない方がいいと先生には言われていた。ハンカチ、ティッシュ、家の鍵。幼い頃からチェックを欠かさない三点を今日も確かめて、わたしは家を出る。行ってきますと言うと、必ず行ってらっしゃいと返ってくる。どれほど母が忙しい日でも。

三月の空は徐々に色を取り戻している。真冬にあれだけ寒々しかった薄い水色を塗り潰すように、群青が一面に広がっていた。視界の端に綿雲を見つける。もくもくと可愛らしい形をして、軽々と浮かんでいた。何の悩みもなさそうな雲。

小さい頃、一歩足を踏み出すのが怖かった。これは比喩ではない。歩くのが怖かった。次に足を置いた地面が崩れないか、不安で仕方なかった。極度に臆病だった。

買い物などに連れていった母は、さぞかし不思議に思っていたことだろう。汗をかくほどに強く手を握りしめていたのに、母の横は決して歩きたがらず、常に真後ろに控えていたのだから。

知らない人についていかないように。そう注意を受けた日の夜は必ず、不審者に連れさられる夢を見た。火が火事を起こすと知った日は何十回とコンロを確認し、蚊が媒介する病気があると教われば神経質になって虫除《むしよ》けスプレーを掛けた。トイレのドアを閉められるようになったのは、小学校高学年からだ。人が怖くて友達ができず、保育園は泣きながら通った。保育士が対応に疲れて、時々煩わしそうにするのがまた怖くて泣いた。昔のことを思い出すと、その涙のしょっぱさが口内に蘇る。

大きくなるにつれ、その極端な性質は段々と薄らいだものの、潜在的な臆病さは事あるごとにわたしを芯から震わせた。緊張する行事、突然の物音、予想外のハプニング、先生の溜息、疎外感、悪口でもなんでもない一言。怯え、首を引っ込め、悲鳴を上げたくなるのを堪えてきた。

恐らくそのせいだろう、わたしはルールを破ったり誰かに迷惑を掛けたりすることに、途轍《とてつ》もない抵抗を覚えるようにもなった。誰かが叱責されているのを見ると、自分もその場にいるように感じ、行動を改めた。迷惑を掛けまいと周囲の顔色を常に窺い、人がやりたくない仕事や役割を率先して引き受けた。正しくあることを徹底して自分に課した。間違えなければ怒られない。厄介に思われず、粗雑には扱われない。

わたしは、母の不妊治療の末に生まれてきたらしい。小学生の頃、『いのちの授業』という安っぽい感動しか生まないプロジェクトのアンケート調査で、わたしは知った。きっとここで、わたしは感謝すべきだったのだろう。いや、しなかったわけではないのだ。ありがたいと思った。だが、もっと大きな強迫観念にわたしは襲われた。不妊治療は相当の苦痛を伴うと聞く。わたしは両親に、その苦痛に見合う娘だったと実感させなければならないのだ。親を困らせてはいけない。そうまでして産んだことを、後悔させてはいけない。

わたしは、何の問題もないいい子に育った。母の言いつけは守り、友人と揉《も》め事《ごと》を起こさなかった。

きっとこれは一般的には、喜ばしいことなのだろう。リーダーシップも華やかさもない少女は、真面目で、思いやりを持ち、引き立て役を買って出て、生活態度は良好だった。そしてその少女は全く融通が利かず、少しのルールの逸脱も許せず、自分に不寛容で、つまらない人生を過ごしている。秒針のような人生。決して狂わない、つまらない正しさ。

中一になったばかりの頃教わった、正しい通学路を今日も歩く。信号ばかりの道で、ほとんどの人は裏道を行くのに、わたしは道を変えることができない。

でも。

意を決して、わたしは交差点を左に曲がった。細い道は暗く、生活の気配が希薄だ。まだ登校完了時刻まで余裕がある。そう自分に言い聞かせると、足の震えが少し収まった。

ささやかな間違ったことを、できるようになりたかった。みんなが破っている校則を、同じように破ってみたかった。学校にお菓子を持ってきてこっそり食べて、好きなテレビ番組を録画し忘れたからと部活をサボり、バレない程度に髪の色を明るくして、嫌いな先生の悪口で盛り上がりたかった。

裏道に入ると、やはり早く学校に着く。目立たないように目を配りながら校舎まで走り、靴を履き替える。荷物を教室に置くと、目的地に向かうため、わたしは一回深呼吸をした。一回じゃ足りない。二回、三回。分かっている、本能が拒否している。深呼吸ごときでは、覚悟は決まらない。

中学校の屋上は普段なら閉鎖されているが、卒業式の今日だけは歓送会の写真を上方から撮るため、秘密裏に解錠されている。先週末、うっかり口を滑らせた担任は、厳《いか》つい学年主任に報告するのが嫌だからと懸命に口止めし、絶対に行かないようにと念を押した。クラスメイトがどうしたって浮足立ち、目配せが飛び交う中、クラス一恐れられている男子が「屋上ごときで喜ぶとかダッセえ」と言ったことで、みんなそれらを慎み、同調した。その男子は担任の教科の内申点を下げられ、不貞腐《ふてくさ》れていたはずだったが、思わぬ形で先生を手助けする発言をしてしまった。皮肉なものだ。

今日、屋上に上った者はどうなるのだろう。激しく叱られるのだろうか。もう卒業だからと軽く注意されるだけだろうか。それともお咎《とが》めなしだろうか。同じように、自分でスマホを持ってきていたら？　髪を高めで結んでいたら？　スカートを折り曲げていたら？

階段を上る。手すりを摑んで、踏み外さないように。重くなった足が、時々段差に引っ掛かった。怖い。けれど、誰かに迷惑を掛けてみたい。登校完了時刻ギリギリまで屋上で過ごして、まだ来ないのかと先生や友達を困惑させて、わたしは悪いことができたという自信を土産に、堂々と卒業式に出たかった。これを機に、わたしは正しいことだらけの間違った人生に終止符を打って、秒針の先、広い世界に足を踏み入れたかった。

情けなく足が止まる。目頭が熱い。恐怖からくる涙なのか、悔しさからくる涙なのか判断できない。不甲斐なさに落ち込む。怖い。でも今ここで引き返したら絶対に後悔する。

半開きになった口から、東京タワーのてっぺんに命綱なしで立たされた人間が発するような、か細い声が漏れていた。空気が重い。息を吸い過ぎて膨らんだ肺はじっとり濡れ、鉛を流し込まれたようにドロドロとしている。手すりから手を放せば転がり落ちてしまいそうなほど、足はガクガク震えていた。

魂を削るようにして、一歩、踏み出す。当たり前にその地面は、崩れたりなんかしない。

「……くるみ？」

若菜の声が、後ろから聞こえた。

2

幼少期のトラウマというのは、案外深く心を抉っている。両親の喧嘩、万引きの制圧シーン、割ってしまった窓ガラス。そして、友達リスト。

小学四年生のわたしには、よく話しかけてくれる後ろの席の女の子が、唯一の友達だった。小四にしてはずいぶん上手な絵が描かれた自由帳を休み時間の度に見せてくれた。

その日、その女の子は、絵ではなく文字を書いていた。なにしてるのと聞くと、友達リストと嬉しそうに答えてくれた。一位から五位まで、仲のいい友達の名前を順に書いているらしい。今思えば、完成版を友達同士で見せあうのがクラスで流行っていたのかもしれない。ただわたしが知らなかっただけで。

家に帰って、宿題のプリントの裏にわたしも友達の名前を書き出してみた。それはものの数秒で終わった。一位の欄にその女の子の名前が書かれ、あとは空欄だった。

思い出す。あれから、何度も。

その女の子のリストに、わたしの名前は載っていなかった。

若菜は跳ねるように階段を駆け上がり、躊躇《ちゅうちょ》することなく屋上の入り口に立った。早く早く、とわたしを呼び寄せ、せーの、と言いながら一人で扉を全開にした。顔面に強い風が吹きつけ、その一部がひんやりと首をくすぐり、下着の中に入り込む。若菜は一目散に駆け出していった。はしゃいだ横顔に辛くなった。若菜に続いて、わたしはおずおずと屋上に足を踏み入れた。やっぱり、地面は崩れなかった。コンクリートは硬く、わたしの体重ではびくともしない。体重分の力で、律義にわたしを弾き返してくれた。

一通りふざけて走り回って満足したのか、若菜はハアハアと息を整えながら屋上の柵に凭れかかり、休憩に入る。わたしはゆっくりとその横に近寄った。

「人がゴミのようだ」

決め顔を作り、名言っぽく言う若菜に冷ややかな一瞥を向け、わたしは眼下の景色を眺める。下級生が、箒《ほうき》を片手にお喋りに耽ったり、パンジーを整えたり、掃除途中に出てきたボールで遊んだりしている。式準備だ。去年、わたしたちもやったなあと懐かしい気持ちになる。もう少し真面目に取り組んだ覚えがあるけれど。でもその時、念頭に置いていたのは、卒業する先輩の存在ではなくノルマと進捗状況だった。駆り出されて億劫に思う気持ちも、身が入らないのも痛いほど分かる。

「卒業だね。もう」

若菜がポツリと言った。感傷が滲んでいた。わたしもしんみりと言う。

「あっという間だったね。三年間」

「小学校が六年だったからね。高校はもっと短く感じると思う」

「そしたら大学生か。嫌だなあ。ちょっと憂鬱」

「くるみは何が三年間で一番楽しかった？」

「うーん、選べないけど。強いて言うなら修学旅行かな。ディズニー行ったし」

「ああ、くるみの絶叫が予想外に野太かったやつ！」

わたしは唇を尖らせる。

「怒るよ。で、若菜は？」

「私は部活かな。やっぱり」

若菜らしい返事だった。若菜は部内でも特に部活に精を出していて、直向きに努力し、熱中していた。あの頃のことを思い出して、楽しかった思い出だと胸を張れるのが羨ましい。過去の自分の姿は、時間が経つとすぐに痛々しく思えるから。特に、部活は青春の真似事《まねごと》をしているようで、でも在籍中はそのことに気付かなかった、苦い思い出だ。

「若菜ってさ、最後の大会のとき、泣かなかったよね」

以前からずっと心に引っ掛かっていた疑問が、ポロリと零れ落ちた。若菜の顔がサッと強張り、まずい質問をしてしまったことに気付く。でもわたしも、最後の大会の話題はこれまで意図的に避けてきた節がある。ラストのラリー、わたしがレシーブを乱したことが原因で、相手コートにボールを返せなかった。長い笛の音。まだ耳にこびりついている。

　わたしは泣いた。嗚咽を漏らし、過呼吸になりそうなほどしゃくりあげ、ぼろぼろと涙を零した。実を言うと、わたしはそこまで悔しかったわけではなかった。もちろん二年間の努力の集大成の形としては不満足だったし、勝ちたいとは思っていた。でもそれ以上に、泣かなければ、という義務感が急激に押し寄せてきた。わたしがミスをして終わらせて、飄々《ひょうひょう》としてはいけない。泣かなければ。その一心だった。

「ここだけの話にしてほしいんだけど」

　若菜は沈んだ表情で、重たげな口を開く。

「私さ、特別になりたかったんだよね」

　春の暖かな空気に溶かすように、若菜は小さく溜息を吐いた。

「びっくりでしょ」

　若菜は人懐っこい笑みを浮かべ、悪戯っ子のように舌を出す。そうでもないよ。わたしは内心で呟いた。二年もの濃密な時間を過ごしてきたのだ。若菜が非常時だとテンションが上がるタイプであることは、みんなよく知っている。

「若菜はさ」

「うん？」

「特別になりたくて、今日、ここに来たの？」

若菜は観念したように、晴れ晴れとした笑みを浮かべた。

「そうだよ。どうせなら卒業式までサボっちゃいたい。だって、一番大事な卒業式をこんな寂れた屋上で過ごすなんて、なんかすっごい特別っぽいじゃん」

そこに悪意は微塵もない。気恥ずかしさと、なぜか罪悪感と、憧れと期待と嘆き。一緒くたになった、燻るように細く舞い上がる感情からわたしは目を逸らした。明確な劣等感が、わたしの胸をキリリと締めつけている。きっと特にこれという理由もないまま、若菜は特別になることを熱望してしまえるのだろう。人生のどのタイミングでこれほどの差が生まれてしまったのか、誰か教えてほしい。

「楽しかったよね、部活」

「そだね」

「うちら仲良かったじゃん？　だから、いつだって居心地よくて快適だった。きっつい練習も苦にならなかった」

「わたしも。みんなとは楽にいられた。藤吉先生も、大好きだった」

ずっと特別になりたがっている若菜と、ただ誰かに迷惑を掛けてみたいわたし。わたしはスタートラインに並ぼうと躍起になっていて、それさえ上手く出来ずに苦しんでいるのに、若菜はそのずっと前で贅沢《ぜいたく》にももがいている。同じ歩幅の一歩でも、そもそもの立ち位置がかけ離れている。

爽やかな風を受け、目を細めながら、脳裏にバレー部の面々を思い起こす。部内で一番仲が良かった百合にも、自分の意見を言えない性格を理解してくれていた柚稀にも桜にも、よく相談に乗ってくれた藤吉先生にも言ったことがなかったが、わたしはバレー部の人達が大嫌いだった。必死に隠し、噯《おくび》にも出さないようにしていたぶん、それは消化されることなく膨らんだままだった。

バレー部のみんなは、わたしが思う利口さを十分に備えていた。人並みに小賢《こざか》しく、許容範囲が広く、危険を冒す度胸があった。わたしが今日、やっとの思いで破った校則たち。目立たないメイクに、折ったスカート。それら全てが、みんなにとっては取るに足らないささやかな違反で、日常の一部に過ぎず、迷いや罪悪感なんて生まれやしないのだろう。

中二の春、バレー部で一泊二日の旅行に行こうという話が出た。泊まりでの遊びは、長期休みの度に先生が口酸っぱく言う禁止事項の一つで、バレたら生徒指導のペナルティが待っている。旅程を立てながら盛り上がる一同に、わたしは誰かが反対意見を出すのを今か今かと待っていた。だがわたし以外全員が乗り気で、自分で言うしかなかった。反対意見を出すのに慣れておらず、変なタイミングで口を挟んでしまった。

「外泊を伴う生徒だけでの旅行って、禁止されてることない？」

わたしのその一言の後、急に訪れた沈黙と飛び交った伏し目がちの目配せが、わたしをとことん恐怖に陥れた。隣にいた若菜がわたしの肩に手を回し、目を覗きこんだ。

「大丈夫だって。あんなの脅しだから。どっこの部活もやってるし、バレるわけないじゃん」

「でも」

「大丈夫だって。気にし過ぎ。ねえくるみはどのコースがいい？」

わたしは当日、仮病を使って行くのをやめた。気遣いのメールに、わたしへの反感や疑念は微塵も感じられなかった。週明けに学校でお土産をもらった。お土産のやりとりもまた、禁止されていた。

破っていいルールは無限にある。スマホの持ち込み、教科書の貸し借り、内職、名前を書き換えて課題を出すこと。バレても損傷が少ないズルと、バレると言い訳ができないズル。それを見極め、追及を躱《かわ》すのが、特に若菜や真希、それに桜は上手かった。わたしには欠片もない能力が、羨ましくて妬ましくて仕方なかった。後ろめたさを感じない強い心臓を、わたしも持っていたかった。わたしもみんなのように、柔軟性を持って、利口に生きていたかった。

「すっごい大好き。バレー部のメンバー。ほんとに一生ものだよ」

すっごい嫌いだ。みんなのことが。

若菜や真希は、いいメンバーだったねと言う。私たち、仲良かったよね。最高のメンツだったよね。

でも、若菜や真希のような人が言う仲良しは、自分にとっての好ましい集団だったかを指す。自分の好きな人が多ければ、いい人が多いと表現して、みんな仲が良いと決めつける。他の人も同じように、全員がみんなを好きだと頭から信じ込む。

反感はいくらでもあった。「もうこのクラス嫌だ」なんて、自分の優位性を自覚している人でなければ言えないし、「そろそろ席替えしたい」と、隣に人がいるのにどうして言い出せるのか、その心が知りたかった。理解できない感覚を有していて、でもそんな人の方が、きっと世の中を上手く楽しく生きていくのだろうと思うと、たまらなく苦しかった。

「卒業後もバレー部会しようね」

「月に一回？」

「本当は週一くらいがいい。毎週集まりたい」

「重いよ愛が」

「でもみんなそう言ってたよ？　急に離れ離れとか寂しくて泣いちゃう〜、って」

媚びるような甘い声は、絶対に茉梨の真似だ。ぶりっ子のように突き出した唇は、明るい色のリップに覆われている。

「ラインもあるし、声聞きたくなったらいつでも電話すればいいから、そこまで気が萎《しぼ》んでるわけじゃないんだけどさ」

「毎日電話するの、やめてね」

「さすがに毎日はしないよ。デレ期のカップルじゃあるまいし」

若菜の笑い声が、高い空に届く前に消えていく。ぼんやりと物思いに耽りながら、わたしは夢中で頭の中の秒針を折り曲げようとしていた。

トラウマなら、つい一年前も作った。真新しいものだからだろう、傷口が時々風に晒され、思い出したように痛む。

中学二年、三月。まだ藤吉先生の転出も知らず、新年度に向けて意気揚々と旗を掲げていた頃だ。二年生の一年間、わたしはある子と給食を食べ続けた。

髪はボサボサで、唇はパサパサ、肌はカサカサ、制服はヨレヨレ。ほとんどの女子が身なりに気を遣い出し、鏡や櫛《くし》を持ち歩くようになる中、その子は一向に自分の見た目に手を加えようとしなかった。わたしとは違う意味で、成長が遅れているのだと思った。正しい速さで進んでいない。だからこそ親近感を持ち、気兼ねなく付き合えた。

挙動不審で、いつだって誰かに遠慮し、肩身狭そうにしていた彼女とわたしは、余り物がくっついただけではあったが、それでも上手くやっていたように思う。休日に一緒に遊びに行ったことさえあった。近くのファミレスに入ったのが、とことん地味なわたしたちらしかった。

騒がしい昼休み。ドアの近くは隙間風が吹き、スカートから覗く足が冷たかった。流行りのアイドルグループの楽曲が大音量で流れる中、彼女は窓際に陣取る活発な女子を眩しそうに見つめ、それからわたしを視界の中心に据えた。

「くるみちゃん」

わたしは牛乳に伸ばしかけていた手を止めた。

「なに？」

「もうすぐ、新年度だよね」

「そうだね」

「そしたら三年生じゃん？　それで卒業して、高校生になる。もう、中学二年生が終わる」

そうだねとわたしは気のない返事をした。まどろっこしい前置きが鬱陶しかった。

あのさ、と言い置く声には、妙な切迫感があった。彼女は自身の心臓の一部を差し出すように、次の言葉を絞り出した。

「私、三年生になったら、もっと、キラキラした側の女子になりたいんだ。放課後にカラオケに行って、休日にはプリクラ。友達が多くて、写真のセンスがよくて、インスタにたくさんいいねが来るような、そんな女子になりたい。髪切って、スカートを詰めた時、可愛いねって言われるような、体育大会の応援でチアができるような、輝いてるあの子たちみたいになりたいの。新学期デビューしたい」

大胆なカミングアウトに呆気にとられていた。友達だからといって、内面を見せ過ぎではないか。彼女の発言は、人気者になりたいとか、目立ちたいとか、俗っぽく隠さなければならない願望が滲んでいて、聞く人が聞いたらドン引きする類のものだった。

コメントに困り、「で？」と促すことしかできなかった。あの子は睫毛を伏せた。表情に翳が落ちた。その真剣さがズルかったと、次に吐きだされた言葉を聞いた今なら思う。

「もし、くるみちゃんが来年、私と同じクラスになっても、あんまり話しかけないようにしてほしい。今みたいに、一番の友達ではいたくない」

「どうして」

つい、語気が強くなった。唐突な絶交宣言に、怒りより啞然が勝っていた。細胞が血液にどろっと溶けて、不快感が押し寄せた。

「だって、私と同じように地味なくるみちゃんとまたずっと一緒にいたら、デビューできる気がしない。一年ずっと、駆けだせないままだと思う。カースト上位の人と一緒にいて、そういう人達といられるんだっていう目で見られたい。華やかな人と付き合ってるっていう印象が欲しい」

お願い、と頭を下げられた。小さなつむじがわたしの様子を観察し、返事をじっと待っていた。彼女とわたしの間に急激に形成された隔たりをやけに落ち着いて目で追いながら、了承するしかなかった。キラキラ女子になりたい、と話し出す彼女には少しばかり躊躇いがあったのに、わたしを拒絶するのに後ろめたさは窺えなかった。まだ逆だろうに。ひたすら不快で、その無神経さが自分にはないもので、わたしとあの子は違う人間なのだと思い知らされた。

結局わたしは三年になって、その子とはクラスが離れた。だから関係のない話だ。

関係なくて、無駄に傷つけられた、辛い話だ。

結論だけ言うと、わたしも若菜も卒業式に出た。遅刻もしなかった。わたしは誰にも迷惑を掛けることはできず、若菜は特別にはなれなかった。二人とも、所詮その程度だったというまでだ。若菜の手前、口にはできなかったが。

式と歓送会が終わった後は、タガが外れ、今にも叫び出そうとするような解放感がそこらじゅうに溢れていた。先生も肩の荷が下りたのか、朗らかな表情で記念撮影に応じている。渡り廊下を、下級生が恨めしそうな顔で通り過ぎていった。何時間もかけて華やかに飾った体育館を、数時間でまた元通りにしなければならない。パイプ椅子は何百脚と出ている。

わたしは焦燥感で、気持ちの悪い汗をじんわりとかいていた。新学期の理想を真剣な表情で語ったあの子のように、わたしは高校生になる前、今日という卒業式の日に、何か一つ、確信を持ちたかった。自分はもう、規則正しく動く秒針を折れたのだという確信が。

位置が高いポニーテールに、短いスカート、薄い化粧。首や脚元が肌寒く、風が吹く度にスースーする。舐《な》めてしまった口紅がまずい。目を擦れないのが辛い。ひどく居心地が悪い。わたしはもう、中学生ではなくなってしまう。

「あれ？　くるみ上靴は？　忘れてない？」

「あ、忘れてた」

なんということだ。忘れ物は処分に困るから勘弁してほしいと散々言われていたのに。昇降口へダッシュする。上靴を袋に入れ、安堵の息を吐いた。これで点検の先生を困らせずに済むだろう。とそこまで考えてはたと我に返った。自分に呆れ、失望する。

わたしは、上靴を忘れていくべきではないのか。それが今日という日の意義ではないのか。他の人の下駄箱を確認すると、ちらほらとまだ上履きが残っていた。きっと、純粋に忘れている人は少ない。ほとんどは、持って帰って捨てるのが面倒で置いていくつもりなのだろう。

有り得ない、そんなの迷惑だ、とわたしの中のわたしが叫ぶ。それは、これまでのわたしを統制し、縛り付けていたわたしの声だ。わたしを生き辛くしたわたしの声だ。

上履きを下駄箱に戻す自分の手が、ひとりでに動いているような気がした。ゆっくりと、だが確かに一方の方向にそれは進んでいく。上履きを置いた時に立った小さな物音が、秒針が一つ歩みを進める音に重なった。脳が振動し、体中が痺れた。

「あれ？　くるみさん？」

唐突に声を掛けられ、犯行現場を押さえられた万引きのように、ギクリと肩を強張らせた。恐る恐る振り返った。

「森下、先生」

「卒業式、お疲れ様。改めておめでとう」

「ありがとうございます」

礼儀正しく頭を下げる。先生の表情は朗らかだった。

「いいわね、晴れ舞台って。みんな一人ひとりが輝いていたわよ」

そうですか、と微妙な相槌を打つ。先生が目を眇めた。

「そういえば思ったんだけど。くるみさん、今日ちょっと、雰囲気違うね。髪型変えたの？」

先生の手首のブレスレットが、ちゃらちゃらと耳心地のいい音を立てた。頭の後方を指す。

即座に、わたしはポニーテールの高さに言及されているのだと分かった。髪は耳下で結ばなければならないが、今日のわたしはそれを無視している。クリームで補強して、結び直せないようにさえしている。

わたし以外のみんなは、こうした尋問の時どういった反応をしていただろう。尊敬の名場面が蘇り、くるくると躍る。ああそうだ。皆一様に、爽やかに嘘を吐き、否定していた。

「そんなこと、ない、ですよ」

緊張していたからだろう、爽やかさとは無縁で、やや反抗的になった。先生は僅かに首を傾げる。

「そう？　私の勘違いかな。なんだか可愛いなと思ってたんだけど。でもくるみさん、高く結ぶの似合うと思うよ。高校生になったら、試してみたらどう？」

先生は去る。わたしは何も言えない。とても悪いことをしたことを自覚した、その時の落ち着かなさがわたしに纏《まつ》わって、胸が熱く、背が冷たい。覚束《おぼつか》ない足取りでその場を離れた。真希がわたしを見つけ、大きく手を振った。

「くるみー。バレー部で写真撮るよー」

部活で鍛えられた声帯が、喧騒の中で遺憾無く発揮される。大声で呼び出される身にもなってほしいんだけどなと内心で悪態をつきながら、わたしはみんなのもとへ向かう。

「やっぱうちらはここっしょ」と体育館前を陣取っていた。遅れて入ったわたしは、若菜の隣に入れてもらう。肩がくっつきそうなくらいに身を寄せ合う。温かい。

写真を撮り終わって、みんなが口々に、好き勝手なことを言い合った。「絶対茉梨、桜と同じ高校受かってるから」「合格発表終わったら藤吉先生に会いに行こう」「次のバレー部会はピザがいいな」

「みんな大好き。ありがとー」若菜が言った台詞にドクンと心臓が跳ね、言葉が脳内でリフレインした。みんな大好き。みんな大好き。じわっと弾け飛ぶ。そう言われても、どうしようもなく、いつだって同じ結論に辿り着く。

嫌いだ。みんなのことが。

けれど今、同じ結論から新しい分岐が生まれ、違った方向に芽を吹かせる。

みんなのことが嫌いだ。でもこれほど本気で、誰かを嫌いになったのは初めてだった。

ずっと、嫌われることを恐れていた。自分がどう思われているかばかりが気掛かりで、素っ気ない態度や剝き出しの悪意に自分が嫌われていると気付いても、わたしはその相手を嫌いになることができなかった。傷ついて、なんとかして関係を修復しようと神経をすり減らす。

でも、みんなの好意に嘘はない。みんなわたしを好いてくれている。そう確信しているからこそ、安心してみんなを嫌いになれる。

幼い頃、無邪気に友達リストを見せてきた百合。顔が広く、憧れだった百合は、中学生になって久しぶりに会った時、わたしと同じくらい大人しく、自己主張のできない、引っ込み思案な性格になっていた。目を瞑るとぼんやりと瞼の裏に浮かぶ、大切に書かれた一位の名前。ねえ、あの順位は、今もまだ変わらないの？

絶対に見まい、検索しまいと決めていた、〝いちごみるく〟。壮大な決意と期待を胸に、わたしを捨てて、煌めきたかった梓。三年生になって喋らなくなり、廊下で独りぼっちの梓とすれ違う度、やっぱり梓は梓だと思わずにはいられなかった。馬鹿にすることはなかったが、憐れだなとは感じていた。やっぱりあなたが急に華やかな女子になることはできないよ、と。それが今はアイドルグループのセンターに。

わたしは中学校生活で、何を手に入れただろう。一人の男子をまるで神のように崇める協調性。仮病で行かなかった旅行の土産。自分で持ってこられなかったスマートフォン。思い切って破った小さな校則。時間通りに出席した卒業式。置いてきた上靴。先生への反抗と、未だ胸に居座り続ける罪悪感。そして、純度百パーセントの好意を向けてくれている、大嫌いな友達。

「ね、バレー部最高！」

わたしは若菜に抱きついた。後ろから誰かが覆いかぶさってくる。若菜のコートの厚い生地に頬を擦り寄せた。わたしはあなたたちを嫌いですなんて、もちろん言えやしない。思う素振りを曖《おくび》にも出さない。こんな風に、演じながらやり過ごしてきた中学校生活がようやく終わる。辛かった窮屈な人生に幕を閉じる。越えられた線、越えられなかった線、矛盾だらけのそれらを糧に、わたしは高校生になる。きっと、紛《まが》いのない〝いい子〟を卒業して。

「なんだかんだ言って楽しかったよ」「色々あったけど、その日々があるから今の自分がある」「そんな風に小さな事でぐちぐち悩んでいた時期もあったな。眩しい」

もしいつかわたしがそんなことを言っていたら、目の前で吐き捨ててやりたい。辛かったよと。どうしようもなく辛かったよ。あなたが美化しているほど、輝かしい日々じゃなかったよ。嫌で仕方なかったよ。青春なんて、おめでたいものじゃなかったよ。

秒針の音は聞こえない。わたしの前に見えていた真っ直ぐな線は、いつのまにか幅を広げ、これからの未来を柔らかに照らし出している。少なくともわたしは、そう信じると決めたのだ。

本書は第17回小説現代長編新人賞受賞作品を加筆修正しました。

朝霧咲　あさぎり・さく

2004年愛知県生まれ。本作で第17回小説現代長編新人賞を受賞しデビュー。受賞時高校3年生。その後受験を経て現在京都大学に通う。

どうしようもなく辛《つら》かったよ

2023年9月20日　第1刷発行

著者　朝霧《あさぎり》咲《さく》

発行者　髙橋明男

発行所　株式会社講談社
東京都文京区音羽2-12-21　郵便番号112-8001
電話　編集　03-5395-3505
販売　03-5395-5817
業務　03-5395-3615

本文データ制作　講談社デジタル製作

印刷所　株式会社KPSプロダクツ

製本所　株式会社若林製本工場

定価はカバーに表示してあります。
落丁本・乱丁本は購入書店名を明記のうえ、小社業務宛にお送りください。
送料小社負担にてお取り替えいたします。
なお、この本についてのお問い合わせは文芸第二出版部宛にお願いいたします。

N.D.C.913　198p　20cm　ISBN 978-4-06-532822-4

KODANSHA